KB271471

성천 聖天

조종호 新무협 판타지 소설
FANTASTIC ORIENTAL HEROES

성천 4

조종호 新무협 판타지 소설

초판 1쇄 찍은 날 § 2009년 4월 21일
초판 1쇄 펴낸 날 § 2009년 4월 28일

지은이 § 조종호
펴낸이 § 서경석

편집장 § 문혜영
편집책임 § 문정흠

펴낸곳 § 도서출판 청어람
등록번호 § 제1081-1-89호
등록일자 § 1999. 5. 31
어람번호 § 제2-1729호

주소 § 경기도 부천시 원미구 심곡2동 163-2 서경B/D 3F (우) 420-822
전화 § 032-656-4452 팩스 § 032-656-4453
http://www.chungeoram.com
E-mail § eoram99@chollian.net

ⓒ 조종호, 2008

ISBN 978-89-251-1779-9 04810
ISBN 978-89-251-1603-7 (세트)

도서출판 천어람

조종호 新무협 판타지 소설
FANTASTIC ORIENTAL HEROES

성천 聖天

4

만해구인(萬海究靷)

目次

第三十章
다시 만난 우희명

“정말 우리가 전부일까요?”

“모르겠다. 형님은 어찌 생각하십니까?”

위지극의 질문을 받은 위도곡은 금산청에게 대답을 미뤘다.

“글쎄, 나도 따로 들은 말이 없어서…….”

금산청이 뒷머리를 긁적이자 수유아가 성질을 부렸다

“뭐예요! 조장이 되어 가지고 그런 것도 모르고!”

“귀 떨어지겠다.”

“흥! 떨어지라죠. 그다지 필요있어 보이지도 않은데.”

“뭐야? 그리고 위에서 벌어지는 일을 내가 어찌 알아? 그분들이 일일이 나에게 보고하는 것도 아니잖아."

"흥!"

"잘은 모르겠지만……."

사연화가 조심스럽게 말을 꺼냈다.

"아무래도 임씨세가는 정말로 적존교를 그들만의 힘으로 대적하려는 것 같아요."

"뭐… 임씨세가 생각이야 그런 듯하다만, 회주님께서 그들 생각대로 놔둘지는 모르지."

"그래도 우리만 보낸 걸로 봐서는……."

"연화야, 그건 겉으로 드러난 상황일 뿐이야."

"그러면 또 다른 조력자가 있다는 뜻인가요?"

사연화가 눈을 빛내며 물었다.

"그야… 나도 모르지."

금산청의 힘 빠지는 대답에 소유아가 가만히 있을 리 없었다.

"내 저럴 줄 알았어. 도대체 오라버니는 아는 게 뭐야? 조장을 바꿔달라고 하든지 해야지 원."

"이… 이게……!"

금산청이 얼굴을 붉혔다.

바로 그때,

투툭.

천장에서 기묘한 소리가 나며 모두가 천장을 올려다볼 때 위지극이 슬그머니 자리에서 일어났다.

"저 잠시만 나갔다 올게요."

"어디 가는데?"

금산청이 물었으나 위지극은 어색한 웃음만 짓고는 급히 밖으로 뛰어갔다.

거처 밖으로 나온 위지극은 주위를 두리번거리다 재빨리 담을 뛰어넘었다.

인청각 조원이 머무는 곳에서 담 하나만 넘으면 바로 세가의 밖이었다. 그것도 저잣거리와 바로 연결되는지라 길을 지나다니는 사람들이 꽤나 많았다.

그는 맞은편 골목을 바라봤다. 그 순간 새하얀 손이 담 모퉁이 뒤에서 불쑥 튀어나오더니 오라는 손짓을 했다.

위지극은 괜히 헛기침을 한 번 하고는 길을 건너 골목에 들어섰다.

"잘 있었어?"

곧바로 늘려온 목소리. 그리웠던 목소리었나.

그곳에 누런 마의를 입은 우희명이 배시시 웃고 있었다.

위지극의 입가에도 미소가 걸렸다.

하지만 그 미소는 이내 사라졌다.

"그럭저럭."

"응?"

우희명의 아미가 살짝 찌푸려졌다.

"어째 대답이 신통치 않네?"

반갑게 맞아줄 거라 믿었건만 지금 위지극이 보인 반응은 그녀의 기대에 한참이나 못 미치는 것이었다.

이를 아는지 모르는지 위지극은 그녀의 얼굴만 쳐다보고 있었다.

"왜… 그래?"

뭔가 이상한 낌새를 챈 우희명이 물었다.

위지극은 묵묵히 있다가 이윽고 천천히 입을 열었다.

"적존교."

"……!"

우희명의 어깨가 한차례 흠칫거렸다.

"나에게 할 말이 있지 않아?"

우희명은 잠시 당황한 눈치였으나, 이내 침착하게 대답했다.

"결국 알았구나. 뭐, 딱히 비밀도 아니었으니까."

"높은 위치에 있지?"

우희명은 부정하지 않았다.

"그런 셈이야."

"부모님도?"

"아버지만……."

그녀는 말끝을 흐렸다.

우희명의 표정에서 뭔가 사정이 있으리란 생각이 든 위지극은 더 이상 캐묻지 않았다.

"흐음……."

"왜? 내가 적존교도라서 싫어졌어?"

"그럴 리가."

위지극은 지금까지 보아온 적존교도와는 달리 우희명이 쉽게 인명을 해치는 성격이 아니라는 사실을 이미 알고 있었다.

"그럼 뭐야?"

"아버지가 그곳에서 높은 분이랬지?"

"응."

"그럼 부탁드리면 안 될까? 지금처럼 강호를 내버려 두시라고."

위지극의 신분을 생각한다면 필히 부딪칠 수밖에 없는 운명이었다.

그것이 싫었다.

"안 돼."

우희명의 대답은 단호했다.

"왜 안 돼?"

"넌 몰라. 아버지가 얼마나 이날을 기다려 왔는지. 나야 어려서 네 말에 승낙할 수 있다지만, 아버지는 할아버지가 행방불명된 날 이후부터 오직 그것 하나만을 위해 살아오셨어. 내가 말씀드린다고 해서 마음이 바뀌실 분이 아니야."

위지극의 안색이 미미하게 변했다.

그녀의 말속에서 무언가를 눈치챘기 때문이다.

"할아버지?"

"응."

"그럼 혹시 아버지가 적존교주……?"

"맞아."

그녀는 예의 미소를 지었다.

하지만 위지극은 그녀처럼 웃을 수 없었다.

'아주 제대로 걸렸구나.'

생각했던 것보다 훨씬 상황이 심각했다.

적존교주라니, 당연히 딸의 말 한마디에 마음을 바꿀 리 없다.

보지 않아도 알 수 있었다.

사십 년이란 긴 세월을 강호에 대한 복수로 살아왔으니 더 말해 무엇 하랴.

"휴우……."

자신도 모르게 한숨이 터져 나왔다.

'너무 커, 장애물이라고 하기엔 너무 커.'

사랑을 얻기까지 많은 난관이 있으리란 사실은 익히 예상하고 있었지만 이건 너무 심했다.

"넌 어때?"

불쑥 우희명이 물었다.

"뭘?"

"우리와 대적하는 것을 그만두는 게 어때?"

위지극은 멍청하니 눈을 깜빡였다.

"무슨 뜻이야?"

"우리 무지 강해. 북무림회 전체가 나서도 당하지 못할걸? 그러니 그만 포기하는 게 어떠냐고."

"말도 안 돼."

"그럼 북무림회에서 탈퇴하는 건? 너 하나 없다고 해서 큰 문제가 생기는 건 아니잖아."

위지극은 듣다 보니 은근히 부아가 치밀었다.

"지금 나 무시하고 있는 거야?"

"무시라기보다는… 냉정히 생각해 보면 그렇잖아. 혹시 네가 그 천향검처럼 대단한 사람이라면 또 모를까?"

위지극은 말문이 막혔다.

그녀의 비교는 심한 것이었다. 이제 성인도 되지 못한 자신을 북무림회주와 비교하다니.

위지극의 깨끗한 이마에 실낱같은 주름이 번졌다.

'확실히 그 아저씨는…….'

회주를 가까이서 본 적은 단 한 번밖에 없지만, 그에게서 느꼈던 위압감은 대단한 것으로, 폐관수련을 끝낸 지금으로서도 쉽게 짐작키 어려울 정도였다.

위지극이 우물쭈물하고 있자 우희명이 방긋 웃었다.

"내 말이 맞지?"

"그래도 안 돼."

"왜?"

"책임이 있으니까."

위지극의 대답은 간단했다. 하지만 우희명은 납득하지 못한 눈치였다.

"책임? 이상한 말이네."

"그리고 무엇보다도."

"……."

위지극의 음성이 깊이 가라앉았다.

"그들이 하는 짓이 마음에 들지 않아."

마도는 마도다.

적존교를 상대하면서부터 위지극은 염상천이 왜 마에 사정을 두지 말라 했는지 점차 이해가 갔다.

어렴풋이 느껴지던 마도에 대한 적대감이 노대후의 사건으로 인해 더욱 확고해졌다.

사람의 이지를 상실시키고 바꾸어놨다. 그것만으로도 천인공노할 짓인데 악행을 저지르게 조종했다.

모든 원흉은 적존교. 결코 좌시할 수 없는 자들이었다.

우희명도 이때만큼은 난처한 기색을 보였다.

"어떤 면에선 나도 심했다고 생각해."

그러면서 슬쩍 위지극의 눈치를 살폈다.

"그럼 북무림회에서 나오라는 말은 하지 않을 테니까 이번 한 번만 나를 따라가자."

"어딜 가려는데?"

"그런 게 있어. 네게 해가 되지는 않을 테니 걱정마. 아니 오히려 좋은 일이라 할 수 있어."

"다음에 가면 안 될까?"

"시간이 많지 않아. 지금 가면 안 돼?"

우희명이 다시 한 번 졸랐지만 위지극은 고개를 저었다.

"가더라도 임무가 있으니 마무리는 하고 가야지."

"임씨세가를 도와주는 것 말이야?"

"응."

우희명은 단호하니 말했다.

"그 때문이라면 더더욱 지금 가야 돼."

"……."

"먼저 하나만 물을게. 임씨세가에 무슨 은혜라도 입었어?"

위지극은 실소가 나왔다.

은혜가 있을 리 없다. 원한이라면 또 모를까.

"그런 건 아니야. 그래도 북무림회 무인으로서 지켜야 할 게 있잖아."

우희명이 진지한 표정을 지으며 위지극의 손을 잡았다.

"됐어, 그럼. 가자. 여기 남아서 도와줄 이유가 없잖아."

“이유는 방금······.”

“그거? 북무림회 무인으로서의 도리? 같이 죽는 게 무슨 도리야.”

“죽다니?”

“임씨세가는 결코 무사하지 못해. 아마 모두······.”

“죽을 거라는 얘기야?”

우희명은 고개를 끄덕였다.

“하! 대단한 자신감이네.”

위지극은 심히 언짢았다.

임씨세가는 그렇다 치더라도 그녀는 자신과 동료들을 업신여기고 있었다.

이렇게 되니 오기가 생겨났다.

“절대 그럴 일 없을 거야.”

“그렇게 된다니까!”

“두고 봐.”

우희명은 답답했다.

자신이 알고 있는 것을 모두 말해주고 싶은데 차마 그러지 못하는 게 애가 탔다.

아니, 사실대로 말한다 해도 위지극이 납득하고 마음을 돌릴지는 알 수 없었다.

‘맘대로 되는 게 하나도 없네.’

슬슬 짜증이 밀려오기 시작했다.

“그럼 어쩌라는 거야!”

빽! 소리치는 우희명에게 위지극은 태연히 대답했다.

“말했잖아. 이번 일이 끝나면 가자고.”

“흥, 나를 소중히 여기지 않는 게 분명해.”

“……”

“지난번에 그 애들하고 떨어지기 싫어서 그러는 거지?”

“동료잖아.”

“그럼 나는?”

“너는 친구.”

“친구? 흐으음……”

우희명이 모호한 표정을 지었다. 동료보다는 친구가 더 가까웠다.

“좋아. 그럼 이렇게 하자.”

“……?”

“나도 여기 있을래.”

“뭐?”

위지극은 눈을 커다랗게 떴다.

“뭘 그리 놀래? 여기 일이 마무리 될 때까지 여기 있겠다니까.”

“말도 안 되는 소리.”

우희명이 적존교도임을 동료들은 알고 있었다.

이렇게 대치된 상태에서 적이나 다름없는 사람이 끼어드

는 것을 어떻게 볼 것인가?

　그러나 우희명은 결코 양보할 기세가 아니었다.

　"말 돼. 나라도 있어야 너희들이 무사하지, 아니면… 알지?"

　"몰라."

　"자, 자. 잔소리 말고 들어가자."

　"그게 아니고 사람들이 이미 알고 있다니까, 네 정체를."

　"그래? 눈치는 빠르네. 뭐, 어때. 설마 정파인인데 나같이 미약한 여자를 어떻게 하기야 하겠어?"

　우희명은 막무가내로 위지극을 잡아끌었다.

　"안녕하세요. 우희명이라 해요."

　그녀는 숙였던 고개를 들며 방글방글 웃었다.

　인청각 이십일조원들은 다들 멍한 표정이었다.

　바로 며칠 전 시비를 걸어왔던 적존교의 백의사내, 그 사내의 사매가 바로 이 소녀임을 알고 있었기 때문이다.

　'이게 뭔 일이래?'

　'저도 모르겠어요.'

　'그런데 그땐 어두워서 잘 몰랐는데, 다시 보니간 정말……'

　'예쁘다고요?'

　'응.'

금산청의 말에 혁조영이 우희명을 슬쩍 바라보고는 고개를 끄덕였다.

'그… 그렇군요…….'

우희명의 웃는 모습은 여자인 혁조영이 보기에도 가슴이 두근거릴 만큼 아름다운 것이었다.

반면 위지극은 한편에 서서 불만이 있는 듯 잔뜩 찌푸린 얼굴이었다.

가장 먼저 인사를 건넨 것은 사연화였다.

"반가워요. 지난번 유금도문에서 도움 주신 것에 대해 감사드려요."

"아! 그날 딱히 한 건 없었는데… 어찌 됐든 그리 말해주니 오히려 제가 고맙네요."

두 사람은 미소를 띠고 있었지만 이상하게도 묘한 긴장감이 감돌았다.

'분위기가 안 좋아.'

'그러게요.'

'왜 왔을까?'

'조장이 직접 물어봐요.'

금산청과 혁조영이 쑥덕거리고만 있자 참다못한 소유아가 나섰다.

"너!"

"……?"

“너 적존교에서 왔지?”

“맞아.”

“맞아라니? 여기가 어디인 줄이나 알고 찾아온 거야?”

“임씨세가잖아.”

우희명은 얼굴빛 하나 변하지 않았다. 반면 소유아는 기가 찼다.

“내일이면 너희들과 사생결단을 벌여야 하는데 태연히 여길 찾아오는 게 말이나 돼?”

“이름이 뭐야?”

“소유아다. 왜!”

“유아… 예쁜 이름이네. 그런데 네 말은 잘못됐어. 난 너희와 그 사생결단이란 걸 하지 않을 생각이거든.”

“무슨 소리야. 내일 적존교와…….”

“그러니까 나는 거기에 끼어 있지 않다고. 너희와 싸울 사람은 내가 아니니까.”

“뭐, 뭐야? 그게 그거잖아!”

“무슨 소리! 엄연히 달라.”

“으아악, 답답해!”

소유아가 가슴을 탕탕 내려쳤다.

“오히려 난 그 반대야.”

“반대라니?”

“도와주러 왔으니까.”

“누굴? 우릴?”

우희명은 고개를 끄덕였다.

“우 소저.”

금산청이 제법 점잖은 목소리로 입을 열었다.

“도와주러 왔다니, 그게 무슨 말씀이오?”

“원래는 극이보고 이곳을 떠나자고 했어요. 그런데 말을 안 듣지 뭐예요. 임무가 있대나 뭐래나. 그래서 할 수 없이 제가 함께 있기로 했죠. 제가 함께 있으면 적어도 이곳만은 무사할 거예요.”

“허허, 그럼 소저의 말씀은 결국 임씨세가가 패한다는 뜻이로군요.”

“맞아요.”

“아니, 저 계집애가 보자보자 하니까!”

천연덕스럽게 대답하는 우희명을 보고 소유아가 달려들듯이 소리쳤다.

하지만 금산청의 만류하는 손짓에 행동으로 옮기진 못했다.

“말씀은 고마우나 그건 내일이 돼봐야 알 수 있는 것 아니겠소. 그렇게 함부로 속단할 만한 일이…….”

“때론 보지 않아도 알 수 있는 일이 있지요.”

금산청은 절레절레 고개를 저었다.

‘이거야 원, 도와주러 온 건지 시비를 걸러 온 건지 모르

겠군.'

"산청이 형, 죄송해요. 애가 아직 철이 없어서."

"내가 왜 철이 없어!"

보다 못한 위지극의 한마디에 우희명이 고리눈을 떴다.

"하하, 괜찮다. 어찌 됐든 도와주러 왔다니 고마워해야 되겠지."

위지극과 우희명의 관계를 짐작하고 있는 금산청은 위지극이 곤란해하는 듯하자 웃으며 대답했다.

"정말 죄송해요."

"그나저나 우리야 이렇게 넘어갈 수 있다지만, 임씨세가 측에서 우 소저의 정체를 알게 된다면 가만있지 않을 것인데……."

"걱정 푹 놓으세요, 산청 오라버니."

"으응?"

우희명의 갑작스런 오라버니란 말에 금산청의 눈이 휘둥그레졌다.

"오… 오라버니?"

"저보다 나이가 많으시니까 당연히 오라버니지요."

"그야… 하하하."

금산청이 어색한 웃음소릴 냈다.

아무래도 말처럼 거친 소유아가 부르는 오라버니라는 소리보다는 훨씬 듣기 좋은 게 틀림없었다.

하나 곧 자신의 실태를 깨닫고는 헛기침을 한 후 다시 물었
다.

"한데 걱정 놓으라니요?"

"임씨세가 따위가 감히 저를 어찌할 수 있겠어요?"

"……."

'뭐야? 그 뜻이었어?'

혹시나 아무도 눈치채지 못하게 얌전히 있겠다는 말을 기
대하던 위지극이 인상을 팍 찌푸렸다.

"희명아."

"웅?"

우희명이 방긋 웃으며 고개를 돌렸다.

"도와주러 왔다고 했지?"

"웅."

"그럼 적어도 오늘만은 조용히 있겠다고 약속해. 여긴 나
만 있는 게 아니잖아."

우희명이 반짝이는 눈으로 위지극을 쳐다봤다.

'헛!'

하지만 위지극은 그 반짝이는 눈빛에서 어떤 섬뜩함을 느
꼈다. 마치 '네가 많이 컸구나' 라 말하고 있는 듯한 눈빛이었
다.

그래도 사나이의 자존심이 있지, 결코 흔들리지 않았다.

이를 알아챘음인가? 아니면 기를 살려주기 위해서였을까?

“알았어.”

의외로 우희명의 대답은 다소곳했다.

‘휴우……’

위지극은 겨우 안도의 한숨을 내쉬었다.

* * *

그날 밤.

컴컴한 방 안에서 우희명은 침상에 누워 눈을 감고 있었다.

소유아와 조그만 티격거림이 있었지만 그녀는 금산청으로부터 하루를 묵어도 좋다는 승낙을 받아냈다.

문제는 잠자리였으나, 이 역시 사연화가 동의하여 그녀들과 함께 방을 쓰게 되었다.

“어떻게 만났어요?”

옆 침상에 누워 있던 사연화가 조그만 목소리로 말을 건넸다.

“극이 말인가요?”

“네.”

“그게…….”

그녀는 이윽고 위지극을 처음 만난 후 지금까지 벌어진 일에 대해 말해주었다.

단 자신이 한 번 퇴짜를 맞은 것에 대해서는 은근슬쩍 얼버

무리며 넘어갔다.

그것만은 여자의 자존심으로 지켜야 할 비밀이었으니 말이다.

그녀의 이야기를 듣고 난 사연화는 그녀가 위지극에게 품고 있는 감정을 알 수 있었다.

사랑.

이는 이야기의 내용을 통해서가 아니라 위지극을 얘기할 때의 그녀의 목소리 때문이다.

정과 사랑이 듬뿍 담겨 있는 목소리.

어두워서 우희명의 얼굴을 볼 순 없었지만 분명 즐거운 미소를 짓고 있으리라.

'그랬구나……'

사연화는 곰곰이 생각해 보았다.

만약 자신이 우희명의 입장이라면 대담하게 이곳에 발을 들일 수 있었겠는가?

아마도 많은 고민을 했을 것이다. 하지만 결국엔 자신 역시 그리 행동했을 가능성이 높았다.

다만 우희명처럼 당당하진 못할 듯했다.

단순히 개인의 성격이라 치부할 수 있겠지만, 이 차이는 컸다.

사연화의 얼굴에 왠지 모를 씁쓸한 미소가 떠올랐다.

"극일 정말 좋아하나 보네요."

“그럼요.”

“와, 언니. 저 애 뻔뻔한 거 봐.”

소유아가 벌떡 일어나 앉으며 말했다.

“내가 뭐 어때서?”

우희명도 지지 않았다.

“어떻게 좋아한단 말을 아무렇지도 않게 할 수 있지?”

“그럼 화를 내며 해야 돼?”

“저게 진짜! 너 혼나볼래?”

“할 수 있으면!”

“유아야, 그만.”

사연화가 조용히 말렸다.

“아우, 열 받아. 너 해 뜨면 보자. 흑전태도 맛을 톡톡히 보여줄 테니.”

“지금 보여줘도 돼.”

“저……”

사태가 점점 더 험악해지려 하자 사연화가 다시 끼어들었다.

“그런데 극일 도와주러 오셨다고 했죠?”

“맞아요.”

“그건 당신의 입장에선… 곤란한 일 아닌가요?”

“조금 그렇긴 하겠지만, 극이가 본 교의 손에 죽게 내버려 둘 순 없잖아요.”

그녀의 말에 사연화는 의아해했다.

왠지 위지극이 성천자임을 모르는 눈치인 것 같았기 때문이다.

"혹시, 극이가 자신에 대해 별말 없었나요?"

우희명은 곧바로 대답하지 않았다.

그녀는 잠시 무언가를 생각하는 듯하더니 이윽고 입을 열었다.

"없었어요. 생각해 보니, 아쉽게도 그에 대해 아는 게 거의 없네요. 가족도, 고향도 그리고 사부가 누구인지도……."

"저것 봐, 언니. 저렇게 아무것도 모르면서 어떻게 좋아할 수 있는 거지?"

"훗, 좋아하는데 그런 걸 알아야만 한다는 게 더 웃기지 않아?"

"그래도 정도가 있는 거야!"

"정도는 무슨."

사연화가 다시 물었다.

"내일 이곳에 올 당신네 직곤교는 강하겠죠?"

"그래서 도와주러 온 거예요."

"제 생각엔……."

"……?"

"극인 따로 도움이 필요치 않을 거예요."

"무슨 소리예요. 그건 당신이 몰라서 하는 말이에요. 내일

올 사람들은……."

"당신에겐 사형이 있죠?"

그 말이 떨어지는 순간 우희명이 벌떡 일어나며 소리쳤다.

"그걸 당신이 어떻게……?"

그녀의 음성엔 당황한 기색이 가득했다.

"만난 적이 있으니까요. 정확하게 말하자면 그가 찾아온 것이지만."

'이 작자가 약속을 뭘로 알고!'

우희명의 이마에 한줄기 핏줄이 솟아났다.

그녀는 사연화가 말한 사형이라는 사람이 바로 흑령임을 물어보지 않아도 알 수 있었다.

사령(四靈) 중 이 시점에 이들과 대면할 만한 이는 흑령밖에 없었으니 말이다.

"그… 그래서 어떻게 됐어요?"

그는 비록 해코지하지 않겠다 했지만 그 음험한 사람의 속마음을 어찌 알겠는가?

와락 걱정이 치밀었다.

"별일 없었어요."

"네?"

우희명이 깜짝 놀라 반문했다.

"그는 무언가를 하려 했지만 결국 뜻을 이루지 못하고 모습을 감췄어요."

"그 말은 설마… 그가 도망갔다는 뜻인가요?"

"글쎄요. 극이와 몇 마디 주고받더니 소스라치게 놀라 가 버리던걸요."

"……?"

'무공에서 패한 것도 아니고, 말 몇 마디에 그가 발길을 돌려?'

절대 있을 수 없는 일이었다.

그는 묘하게 집착하는 데가 있어 끝을 보기 전에는 쉽게 그만두지 않았다.

그랬기에 자신이 그토록 싫어하는데도 아직까지 혼인을 포기하지 않고 있지 않은가?

"무슨 말을 나눴는지 아세요?"

"그것까지는 모르겠군요."

사연화가 고개를 저을 때였다.

"난 알아!"

소유아가 자신있게 소리쳤다.

"그 하얗고 재수없는 놈이 뭐라 했는지 옆에서 똑똑히 늘었는걸."

"뭐라 했는데?"

사연화가 묻자 소유아는 우희명을 향해 빙그레 웃으며 대답했다.

"가르쳐 주기 싫어."

“유아야.”

“싫어. 내가 뭐 하러 저 애 궁금증을 풀어줘야 해?”

“그러지 말고…….”

“나도 됐어. 몰라도 돼.”

우희명이 말했다.

“호호호, 그래도 궁금해 죽겠지?”

“하나도 안 궁금해.”

우희명이 홱하니 이불을 덮고 누웠다.

누가 봐도 삐친 것이 분명했다.

“후후, 그래그래. 잘 생각했어. 잘 자라.”

소유아의 놀림에도 우희명은 대답하지 않았다.

그녀는 이불을 뒤집어쓴 채 두 사람이 무슨 얘기를 나눴을지 생각했다.

그러나 짐작조차 가지 않았다.

처음 만난 두 사람이 무슨 대화를 했겠는가?

유추 가능한 것은 단지 하나.

위지극에게 자신이 모르는 뭔가가 있다는 것이다, 그것도 흑령을 놀래킬 만큼 대단한 것이.

사연화는 조용히 누워 있는 우희명을 보며 속으로 속삭였다.

‘당신은 극이에 대해 너무 모르고 있어요. 도움을 받아야 할 사람은 극이가 아니라 당신일지도 모른다는 사실을…….’

　　　　　*　　　　　*　　　　　*

　하늘이 유난히도 맑다.

　한 조각 구름조차 없어 천공의 푸른빛이 그대로 드러나는 아침.

　"좋아, 더없이 좋아."

　덥수룩하니 턱수염을 기른 사십대 장한이 하늘을 보며 큰 소리로 말하더니 옆에 있는 남포중년인에게 시선을 돌렸다.

　"그렇지 않습니까, 대주?"

　대주라 불린 남포중년인은 아무 말도 하지 않았다. 다만 보일 듯 말 듯 고개를 끄덕일 뿐이었다.

　"하하하, 그동안 너무 심심했습니다. 몇몇 문파를 몰살시키기는 했으나 제대로 된 저항조차 없지 않았습니까? 하지만 오늘은……."

　그의 입가에 가느다란 미소가 번졌다.

　"필시 뭔가 보여주겠지요. 강호에서도 이름 높은 육대세가니 말입니다. 절대 우리의 기대를 저버리지 않을 것입니다. 하하핫."

　기분 좋게 웃어젖히는 장한, 그는 적존교 적오단의 수장인 목고산(睦高山)이었고, 그 옆의 남포 중년인은 적룡대 대주 노종악(勞宗岳)이었다.

목고산은 수염뿐만 아니라 적포 사이사이로 털이 수북하게 드러나 있었고, 체구 역시 자신의 이름과 같이 산처럼 거대하여 웬만한 무인은 그 외형만 보아도 기가 죽을 정도였다.

반면 노종악은 자그마한 키에 말랐으며 한 자루 검이 옆구리에서 덜렁거리는 모습이 영락없는 낭인처럼 보였다.

적존교가 강호에 나타난 후 단 한 번도 모습을 드러내지 않았던 적오단주와 적룡대주.

그들은 지금까지 일선에 나설 이유가 없었다.

적오단과 적룡대 몇 개 조만으로도 수십 개의 문파를 쓸어내기에 충분했기 때문이다.

그러나 오늘은 달랐다.

"죽고 죽이기에 딱 좋은 날입니다."

목고산은 다시 한 번 소리 내어 웃으며 성큼 앞장서다가 급히 돌아섰다.

"오늘 혹시 약왕전주를 보셨습니까?"

"못 봤네."

"설마하니……"

"어딘가에 있겠지. 저들을 보면 알 수 있으니까."

노종악이 턱으로 앞쪽을 가리켰다.

그곳에는 이백여 명에 달하는 무리가 걸어가고 있었다.

"적귀(赤鬼)… 하긴, 전주가 없다면 저들을 다룰 수 없을 테니까요."

적귀라 불린 자들은 적존교가 발호하자마자 투항한 사람들이었다.

정확히는 약왕전주에 의해 정신이 지배되는 자들.

과거에는 정파의 인물들이었으되 지금은 약왕전주의 노예와도 같은 마인들이 바로 적귀였다.

“선봉은 저놈들이겠군요. 썩 마음 내키는 일은 아닙니다.”

“나도 그렇네.”

노종악의 미간이 미세하게 일그러졌다.

적귀는 적존교도라 할 수 없었다.

자의에 의한 투항도 아니었다.

그러니 그런 자들을 적존교의 힘이라 칭할 수는 없었다.

사십여 년 동안 기른 무력. 그것을 당당히 보여주고 싶은 것이 노종악이었으니 적귀의 존재는 오히려 그에게 방해만 될 뿐이었다.

이런 생각은 비단 노종악만의 것이 아니었다.

대부분의 적존교도 역시 그런 생각을 하고 있었다.

다만…….

“모두가 교주의 뜻이니 우린 따라야 하네.”

“당연하지요. 사실 상관없습니다. 적귀 놈들이 얼마나 버티겠습니까? 하하하, 곧 우리 차례가 돌아오겠지요.”

노종악은 고개를 끄덕이면서도 속으론 다른 생각을 하고 있었다.

'과연 그럴까? 약왕전주가 키워낸 적귀가 그렇게 호락호락한 자들일까?'

모를 일이었다.

약왕전주는 직책상 분명 자신의 상관이었다. 그럼에도 무공은 자신보다 아래다.

적존교에 든 이유도 교주에 대한 충심이 아니라 그 자신의 복수 때문이라 들었다.

상관임에도 존경하는 마음이 생길 리 없다.

그런 약왕전주이지만 그게 다였다면 전주라는 지위를 얻지 못했으리라.

분명 자신이 모르는 무언가가 있을 터였다.

지금까지 몰랐던 약왕전주의 능력.

그것이 바로 지금의 적귀일 가능성이 높았다.

'두고 보면 알겠지.'

노종악은 느긋하게 걸었다.

임씨세가를 향해.

第三十一章

적귀(赤鬼)

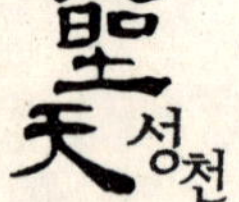

이윽고 임씨세가에 다다른 목고산은 활짝 열린 정문을 보았다.

"과연……."

그의 얼굴에 묘한 미소가 떠올랐다.

"우리가 전혀 두렵지 않나는 뜻이로군. 하긴, 그 정도의 배짱도 없어서야 육대세가라 할 수 없지. 그런데……."

그는 어이없다는 듯이 적귀들을 쳐다봤다.

"저것들은 대체 뭐 하고 있는 거야?"

이백여 명의 적귀는 일정한 질서없이 문밖에서 서성거리고 있었다.

서로 간에 대화를 나누지는 않아 조용하기는 했지만 혈투를 앞둔 마당에 우왕좌왕하는 꼴이 영 마뜩찮았다.

'빌어먹을 새끼들.'

왜 교주는 저런 가축 같은 것들을 데려가라 했을까?

솔직히 적오단만으로 임씨세가를 상대하는 것은 역부족이긴 하다.

그건 자신도 안다. 그래서 적룡대가 함께 온 것이다.

그러면 충분하지 않은가.

육대세가 중에서도 가장 말석을 차지하는 임씨세가니 충분하다 못해 넘칠 지경이다.

그런데도 교주는 적오단과 적룡대 외에도 적귀를 딸려 보냈다.

그들에겐 따로 지시를 내릴 필요가 없으니 지켜보기만 하라고도 했다.

그가 다시 뭐라 욕지기를 하려고 할 때였다.

"크으으……."

적귀 중에 한 명이 기이한 소리를 냈다.

"크크크."

"크큭."

뒤이어 한두 명이 따라 하는가 싶더니, 종내에는 모든 적귀들이 그르렁거리기 시작했다.

"뭐, 뭡니까? 이게."

그는 급히 노종악을 돌아봤다.

하지만 노종악은 그를 보고 있지 않았다. 그의 시선은 적귀의 눈에 고정되어 있었다.

피처럼 붉은 눈.

"때가 됐나 보군."

그의 짧은 한마디가 끝나는 순간,

"크아아!"

휘휘휙!

적귀들이 일시에 정문을 통해 쏟아져 들어갔다.

정문만이 아니었다. 일장에 달하는 높은 담장을 그대로 뛰어넘어 가는 적귀들도 있었다.

"이제야 오는군."

임사득이 나직이 입을 열었다.

"꽤나 사람을 기다리게 하는 놈들이군요. 한데……."

임씨세가주 임가육은 정문과 담을 타넘어 들어오는 적귀들을 바라보며 눈살을 찌푸렸다.

"누가 마인들 아니랄까 봐 저런 꼬락서니라니."

들어오라고 문을 열어놨는데도 마치 도둑놈들처럼 담을 넘는 꼴이, 그야말로 목불인견이었다.

"그러게 말일세. 저들을 보니 우리가 적존교를 과대평가하고 있었나 보이."

적귀들은 옷마저 통일되지 않아 가지각색이었다.

반면 그들을 맞이하는 임씨세가의 가솔들은 정문과 이어지는 너른 연무장 주위를 열을 맞춰 둘러서 있었다.

또한 연무장을 아래로 두고 세워진 대청에는 임가육과 임사득 등 임씨세가의 주요 인물들이 좌정하고 있었다.

적귀들 틈을 뚫고 목고산과 노종악이 모습을 드러냈다.

그들은 좌우로 빈틈없이 늘어선 수백여 명의 임씨세가 사람들을 앞에 두고서도 전혀 위축됨없이 성큼성큼 걸어오더니 대청 앞에 섰다.

"당신이 임씨가주요?"

목고산이 다짜고짜 임가육을 향해 손가락질하며 물었다.

"허!"

임가육은 어처구니가 없어 실소가 나왔다.

그동안 가지고 있던 긴장이 일시에 풀어질 정도로 목고산의 말투는 시정잡배의 그것과 다름없었다.

"맞소. 그러는 그대는 뉘시오?"

"나는 적오단을 맡고 있는 몸이오."

"누군가 했더니, 비겁한 암습으로 파적사를 해한 흉수들의 우두머리셨군."

"하하핫, 암습이라… 뭐, 좋을 대로 생각하시오."

"그럼 옆에는?"

임가육이 노종악을 바라봤다.

하지만 노종악은 대답하지 않았다.

그러자 목고산이 대신 나섰다.

"때가 되면 자연스레 알게 될 것, 뭘 그리 궁금해하고 그러시오."

"그럼 그대가 오늘의 책임자요?"

"그렇다고 해둡시다."

순간 임가육의 음성이 무섭도록 가라앉았다.

"적존교주는?"

"교주님 말씀이시오?"

임가육이 고개를 끄덕이자, 목고산이 잠시 어리둥절한 표정을 짓더니 갑자기 대소를 터뜨렸다.

"크하하핫, 교주님이 왜 여기에 납신단 말이오? 임씨세가 따위를 상대하는 데 그분의 손이 필요할 것 같소?"

임가육의 얼굴이 시뻘겋게 달아올랐다.

그가 언제 이런 모욕을 당해봤겠는가?

임가육은 적어도 오늘 일에 지금 목고산이 내뱉은 말처럼 교주는 아니더라도 적존교의 최고 수뇌라 할 수 있는 자들이 나설 것이라 믿어 의심치 않았다

한데 시정잡배마냥 거들먹거리는 인간이 책임자라 외치고 있으니 가주가 나선 임씨세가의 입장에서는 체면이 말이 아니었다.

하지만 임가육은 애써 성질을 죽이며 다시 물었다.

“하면 당신은 귀 교에서 어느 정도 위치요?”

“그게 그렇게 궁금하시오?”

임가육은 대답 대신 그를 날카로운 눈빛으로 쏘아봤다.

슬슬 인내심의 한계에 다다르고 있었던 것이다.

이를 눈치챘는가? 목고산이 이죽거리며 입을 열었다.

“좋소. 내 말해주지. 확실히 오십은 넘소. 아니, 아니, 백이
될지도 모르지.”

“그건 귀 교의 서열을 말하는 것이오?”

“대충 말하자면 그렇소.”

“그럼 겨우 백 위 안에도 들지 안 들지 모르는 자를 보냈단
말이지?”

임가육의 말투가 갑작스레 바뀌었다.

그의 한쪽 눈썹이 바르르 떨리고 있었다.

“하하하, 당연하지 않소? 나는 그 정도면 충분하다 생각하
오만.”

“이보게, 가주.”

임사득이었다.

“저자와는 더 이상 나눌 대화가 없는 듯하네.”

“제 생각도 그렇습니다.”

임가육은 비교적 담담한 음성이었지만 속은 부글부글 끓
고 있었다.

적존교에서는 대대적인 공격을 했어야만 했다.

교주는 아니더라도 그에 버금가는 인물이 와줘야만 했다.

그런 적존교를 물리쳐야만 임씨세가의 위치가 확고해지는 것이다.

그런데…….

임가육의 시선이 능글능글 웃고 있는 목고산에게 못 박혔다.

'쳐 죽일 놈. 우릴 감히 뭐로 보고…….'

"그럼 먼저 이놈들하고 놀아보시구려. 그다음에 다시 오겠소. 크크크."

목고산은 그 말만을 남기고 뒤돌아 가버렸다.

"저런 발칙한!"

'오냐, 곧 다시 보자. 그때는 내 손으로 직접 네놈을 처단하겠다.'

임가육은 이를 부드득 갈았다.

*　　*　　*

위지극을 비롯한 인청각원들은 아침 식사를 위해 대청에 들어섰다.

일반적으로 식사는 각 조원들끼리 방에서 했으나, 오늘만큼은 식사 자리가 방이 아닌, 비교적 넓은 대청에 마련되었다.

이렇게 식사 장소가 변경된 이유를 대청에 도착한 위지극은 대번에 알아차릴 수 있었다.

그곳에는 그동안 보이지 않던 삼총관 광언성이 몇몇 무인과 함께 먼저 자리하고 있었던 것이다.

결국 자신들을 감시하기 위해서였다.

절대 적존교와의 싸움에 끼어들지 말라는 뜻이었다.

'정말 이상한 가문이야.'

위지극은 속으로 혀를 내둘렀다.

이렇게 남의 도움을 받기 싫어하다니… 아무리 체면과 가문의 명성이 중하다 해도 이건 아니었다.

적존교를 맞아 혈전을 치르다 보면 설령 승리한다 할지라도 많은 피해가 생길 수밖에 없을 것이거늘, 어찌 인명보다 소중한 것이 있겠는가?

인청각원 모두가 도착하고 나자 광언성이 미소 지으며 자리에서 일어났다.

바로 그때,

시비들을 거느리고 면사로 얼굴을 가린 한 여인이 들어섰다.

면사를 했다고는 하나 이 자리에 있는 사람치고 여인의 정체를 모르는 이는 없었다.

"어?"

위지극이 놀라 자신도 모르게 조그맣게 소릴 냈다.

그녀는 두말할 필요도 없이 임도옥이었다.

그녀가 나타나자 광언성이 급히 다가갔다.

"이제 오셨군요, 아가씨."

임도옥은 광언성을 일별하고는 위지극을 노려봤다. 하지만 곧 눈을 찔끔 감고는 대답했다.

"별수 없잖아요."

"가주께서 이리 보내신 것은 모두 아가씨를 위해섭니다."

"그렇겠죠."

임도옥의 말에는 어딘지 모르게 가시가 있어 보였다.

'아무리 나를 위해서라지만, 여기만큼은 정말……'

임도옥은 입술을 질끈 깨물었다.

그녀가 꼴도 보기 싫어하는 위지극이 있는 이곳으로 오게 된 것은 모두 임가육의 뜻이었다.

임도옥은 연회가 있던 그날 밤 임가육에게 호되게 혼이 났다.

이유도 가르쳐 주지 않았다. 그저 막무가내로 호통치며 함부로 경거망동하지 말라 이를 뿐이었다.

그 후로 임가육은 그녀를 찾아오지 않았다.

그리고 오늘 새벽, 불현듯 그녀의 방에 찾아온 임가육은 이곳으로 가라 명했던 것이다.

이유 불문!

적존교와의 일전이 끝나기 전에는 연무장 근처에 얼씬도

말라 했다.

하지만 광언성이나 임도옥은 모두 가주의 뜻을 잘 알고 있었다.

만에 하나, 정말 만에 하나 있을 사태를 대비하고자 함이었다. 가주가 가장 아끼는 사람은 장남도 차남도 아닌, 임도옥, 그녀였기 때문이다.

그래서 혈전에 참여하지 말라 했다.

칼에는 눈이 없는 법, 어떤 불상사가 벌어질지 몰랐다.

광언성이 그녀를 데리고 이십일조원이 있는 자리로 왔다.

위지극은 고개를 돌려 버렸다.

그 역시 임도옥과 마주하기를 바라지 않았다.

하지만 그는 그럴 수 없었다.

"이… 아가씨는 누구십니까?"

광언성이 위지극 옆에 앉아 생글생글 웃고 있는 우희명을 보았기 때문이다.

"그것이……."

위지극은 급히 말을 꺼냈으나 순간 마땅한 변명이 떠오르지 않아 머뭇거렸다.

그러자 금산청이 서글서글한 미소를 지으며 나섰다.

"이분, 우 소저는 저희의 손님입니다. 미리 귀 가의 양해를 구했어야 하건만 그러지 못해 죄송합니다."

"그러십니까?"

광언성은 고개를 주억거리면서도 우희명으로부터 눈을 떼지 못했다.

'놀라운 절색이로군.'

그의 나이 마흔여섯, 결코 적지 않은 세월을 살아왔지만, 지금 눈앞에 있는 우희명처럼 아름다운 여인은 처음이었다.

이번엔 미미하게 얼굴을 붉히고 있는 위지극을 쳐다봤다.

'혹시……'

우희명의 아름다움 못지않게 위지극도 검미성목(劍眉星目)으로 그 외모가 출중했다.

이렇게 두 사람을 한곳에 놓고 보니 연인 사이가 아니라면 오히려 그게 더 이상할 정도였다.

'벌써 임자가 있는 몸이었군.'

광언성의 입가에 쓸쓸한 미소가 스쳐 지나갔다.

총관인 그가 어찌 가주의 숨겨진 뜻을 모르랴.

임도옥을 이곳으로 보낸 데에는 딸의 안전을 바라는 마음도 있었겠으나 필시 어떤 인연이 이어지기를 바라는 마음에서가 더 컸을 것이었다.

광언성은 우희명의 존재에 대해 더 이상 왈가왈부하지 않고 가주의 뜻을 전했다.

위지극은 당황스러우면서도 화가 났다.

하지만 별수 있으랴. 어디까지나 그는 손님의 입장. 게다가 초대받지 않은 우희명까지 함께 있었으니, 그 역시 울며

겨자 먹기로 받아들일 수밖에 없었다.

'두고 보라지. 언제까지 내가 여기에만 있을 줄 알고?'

광언성은 임도옥을 금산청과 위도곡 사이에 앉게 했다.

쭈뼛거리며 자리를 비켜준 금산청이 혁조영에게 속삭였다.

'어째 이 분위기는?'

'어제하고 비슷하네요.'

'아니, 아니, 어제보다 더 이상해. 뭐야, 이게.'

'모르겠어요. 이러다가 며칠 후면 엄청난 수의 여자들에게 둘러싸이는 게 아닐까 걱정되네요.'

'뭐, 그럼 나야 좋지만.'

'……'

해죽거리는 금산청을 보며 혁조영이 눈을 흘겼다.

그때였다.

"미리 말해두지만!"

임도옥이 날카로우면서도 단호한 음성으로 입을 열었다.

"내가 여기 온 것은 모두 아버지 뜻이지 나하고는 상관없어. 그러니까 다들 착각하지 말아줬으면 좋겠어."

위지극은 젓가락을 든 채로 그녀를 물끄러미 쳐다봤다.

생각 같아서는 젓가락을 콱 던져 버리고 싶었다.

참으로 뻔뻔했다.

이미 한 번 목숨을 구원받은 것이나 다름없거늘, 어찌 저런 말을 할 수 있을까?

"휴우……."

위지극은 참지 못하고 깊은 한숨을 내쉬었다.

"착각하지 않을 테니까 걱정 마."

"흥!"

'저게!'

임도옥의 콧소리에 위지극은 자신도 모르게 젓가락을 쥔 손에 불끈 힘을 주었다.

'참자, 참자. 어차피 하루면 끝이니까. 그나저나… 지금쯤 싸움이 벌어졌으려나?'

위지극의 관심이 적존교와 임씨세가와의 혈전으로 향했다.

*　　　*　　　*

임대정은 거세게 뛰고 있는 자신의 심장 소릴 들을 수 있었다.

'이제 시작이다!'

연무장을 채우고 있는 적귀들을 바라보며 그는 주먹을 터질 듯이 꽈악 쥐었다.

임대정은 당당한 임씨세가의 가솔이다.

하지만 직계가 아닌 방계. 때문에 중원육대세가의 일원이

면서도 그는 스스로 만족하지 못했다. 아니, 오히려 자괴지심
이 있었다.

무인의 존비(尊卑)는 일신에 지닌 무공으로 평가된다.

임씨세가에는 무림의 명문세가이니만큼 훌륭한 무공을 많
이 가지고 있었다.

하지만 이는 방계인 임대정에겐 해당되지 않았다.

고절한 절기들은 대부분 직계에게 전수되었고, 방계에게
는 가문을 지키고 누를 끼치지 않을 만큼의 무공만 전수되었
다.

그랬는데…….

이 년 전 드디어 그에게도 기회가 찾아왔다.

직계에게만 전해지던 독문심공, 매하단신공을 익힐 수 있
게 된 것이다.

가주는 어떤 이유에서인지 방계에게까지 이를 개방하였
고, 놀랍게도 매하단신공의 성취는 믿을 수 없을 만큼 빨랐
다.

높은 무공을 갈망하던 그였으니 밤낮을 잊고 절차탁마한
이유도 있었지만 매하단신공 자체가 가지고 있는 특성도 한
몫을 했다.

심공뿐만이 아니었다.

직계에게만 전해지던 다른 무공들도 전해졌다.

그렇게 이 년간의 연공. 이젠 그 누구에게도 지지 않을 만

큼의 자신이 생겼다.

후기지수들만이 들어갈 수 있다는 인청각도 넘볼 수 있을 만큼 실력이 늘었다 자부했다.

그리고 드디어 오늘, 그동안 익혀왔던 무공을 마음껏 펼칠 수 있는 자리가 마련된 것이다.

눈앞의 적귀들은 눈을 희번득거리며 그르렁대고 있었다.

'마인……'

그는 적귀를 처음 봤다.

한눈에도 정상인 사람이 아니었다. 어떤 마공을 익히고 있는지도 몰랐다.

하지만 두렵지 않았다.

'무원각.'

일 년 전 가주는 방계에 속한 자중에서 나이를 불문하고 무공의 성취만을 따져 무원각(武原閣)을 만들었다.

인원만 삼백이다.

그러니 머릿수로만 따져도 적귀들보다 많았다.

무공은 둘째 치고라도 셋이서 둘만 상대하면 되었으니 겁이 날 리 없었다. 그리고 드디어…….

"적존교에게 본 가의 무서움을 보여주어라!"

임가육의 명이 떨어졌다.

웅혼한 내력이 깃든 그의 음성은 무원각 무인들의 웅지를 자극하기에 충분했다.

"와아!"

"와!"

연무장을 둘러싸고 있던 무원각 삼백 명의 무인이 장대한 함성 소리와 함께 몸을 날리기 시작했다.

쉬쉬쉬쉭!

임대정은 주위에 있던 누구보다 빠르게 검을 빼 들고 달려 나갔다.

그에겐 오늘이 다시없는 호기였다. 이 한 번의 싸움으로 가주의 눈에 들어야 했다. 그래야만 세가 내에서의 자신의 입지를 세울 수 있으리라.

방계라 무시했던 자들, 그리고 자신을 업신여겼던 자들, 그런 자들에게 설욕할 기회가 생길 터였다.

임대정에게서 강한 집념이 흘러나왔다.

이미 그는 적귀들 중 상대할 자를 점찍어두었다.

장신에 월아도를 든 자, 얼굴까지 검어 강한 인상을 풍기는 자였다.

그를 택한 이유는 단 하나, 그가 가장 강해 보였기 때문이다.

그런 적귀를 쓰러뜨려야만 가주의 눈에 들 공산이 컸다.

임대정의 살기를 느꼈음인가?

그가 노리던 장신의 적귀가 임대정을 향해 고개를 돌렸다.

"크으으."

시뻘건 눈, 사자(死者)의 음성 같은 울음소리.

적귀의 기세는 처음 보았을 때보다 더욱 사나워져 있었다. 하지만…….

"차아앗!"

임대정은 맹렬한 기합 소리를 내지르며 검을 휘둘렀다.

창!

검과 도가 부딪치며 쇳소리가 귀를 때렸다.

임대정의 일검은 적귀의 몸에 다다르지 못하고 튕겨 나갔다.

하지만 그는 실망하지 않았다. 아니, 오히려 쾌재를 부르고 있었다.

'좋아!'

이번 공격엔 오성의 공력밖에 싣지 않았다.

그럼에도 가장 강해 보이던 장신의 적귀가 뒤로 한 걸음 밀려났다.

검은 가볍고 도는 무겁다.

같은 내력을 가진 무인이 서로 검과 도를 맞부딪친다면 검이 밀리는 게 당연한 이치.

결국 적귀는 임대정의 오성의 공력도 감당하지 못하는 것이었다.

용기백배한 임대정은 더욱 매하단신공을 끌어올려 쉴 새 없이 검을 놀려대기 시작했다.

채채채챙!

적귀는 연신 뒷걸음질쳤다.

발놀림도 어지러워 금방이라도 쓰러질 듯 휘청거렸다.

'과연.'

임대정은 그 말밖에 떠오르지 않았다.

과연 직계에만 전수된 무공답다.

마인이 전혀 힘을 쓰지 못하고 있지 않은가?

그는 일방적인 공격을 퍼부으면서도 다른 이들의 싸움을 돌아볼 정도로 여유가 생겼다.

다른 무인들의 경우도 크게 다르지 않았다.

적귀들은 헛된 칼부림을 할 뿐, 위력적인 공격을 펼치지 못한 채 허우적대고만 있었다.

'우린 강하다! 생각했던 것보다 훨씬 강하다.'

이미 수십 개의 문파를 쓸어버린 적존교의 마인들이건만 일방적으로 밀어붙이고 있었다.

임대정의 입가에 한줄기 득의의 미소가 떠올랐다.

"의외로군."

"그렇습니다."

임가육은 임사득의 말에 동의했다.

이를 듣고 있던 임가육의 장자인 임진남도 고개를 끄덕이며 입을 열었다.

“이해할 수가 없군요. 저 정도 실력으로 본 가를 넘봤다는 것이⋯⋯.”

맞다. 적귀들은 약해도 너무 약했다.

많은 수가 죽은 것은 아니었지만, 몇몇은 이미 피를 흘리며 땅에 쓰러져 있었고, 남아 있는 대부분의 적귀들도 이리 뛰고 저리 뛰며 허둥대고 있었다.

승부는 이미 난 것이나 다름없다.

대승(大勝)!

이대로 얼마의 시간이 더 흐른다면 단 한 명의 부상자도 없이 싸움이 마무리될 터였다.

“하지만 저 두 사람.”

임사득의 시선을 따라 임가육과 임진남이 고개를 돌렸다.

그곳에는 목고산과 노종악이 있었다.

목고산은 잘 껴지지도 않을 만큼 두터운 팔뚝으로 팔짱을 끼고 있었고, 노종악은 갈대를 세워놓은 듯 서 있었다.

한데, 그들의 형색은 지금 벌어지고 있는 상황과는 어울리지 않는 것이었다.

노종악은 변함없이 무표정해 무슨 생각을 하는지 모르겠으나 목고산은 누가 봐도 알 수 있듯이 여유로운 표정이었기 때문이다.

“뭔가 믿는 구석이 있는지도 모르겠습니다.”

“물론이네. 이대로 끝일 리 없겠지. 하나 그렇다 치더라도……."

적귀는 너무도 무기력했다.

이건 어서 죽여 달라는 것과 마찬가지였다.

'왜 이런 짓을 벌이는 걸까?'

임사득이 상대의 의중을 파악하기 위해 고심하던 그때였
다.

"으하하하하하."

어디선가 느닷없이 광소성이 터져 나왔다.

그 소리는 비록 크지 않았으나 머릿속을 파고드는 것이, 방
금 전 임가육의 목소리에 실린 내력에 비해 결코 뒤지지 않는
것이었다.

"흠."

임사득의 얼굴이 조금 굳어졌다.

웃음소리의 주인이 지금 이 자리에 있는 목고산이나 노종
악이었다면 그다지 놀랄 일이 아니었을 것이니, 그 두 사람이
아니었다.

결국 또 다른 조력자가 나타났다는 뜻이었다.

"귀신 흉내 내지 말고 어서 모습을 드러내거라!"

임가육이 얼굴을 잔뜩 찌푸리며 소리쳤다.

"으하하하하!"

그러나 여전히 광량한 광소성만이 이어질 뿐, 주인은 끝내
나타나지 않았다.

"이거, 놀랍구만. 그렇지 않습니까, 대주?"

목고산이 묻자 노종악이 미미하게 고개를 끄덕였다.

그들은 목소리의 주인을 알고 있었다.

약왕전주 학지명!

'한낱 의원에 불과한 자라 여겼거늘.'

노종악은 약왕전주가 어두컴컴한 지하에 틀어박혀 약 만 들어내는 재주만 있다고 알고 있었다.

한데 알고 보니 대단한 공력의 소유자이지 않은가?

'과연 교주께선 허투루 사람을 쓰지 않으셨군.'

노종악은 오늘에서야 학지명이 전주(殿主)라는 지위에 어울리는 자임을 알게 된 것이다.

"크으으으."

적귀에게 변화가 생겼다.

눈동자를 덮고 있던 붉은 기운이 점차 번져 나가더니 종내에는 얼굴 전체를 침범했다.

또한 손가락 굵기만 한 푸른 힘줄이 툭툭 불거져 나왔다. 그리고…….

"크아아!"

고통에 몸부림치듯 꿈틀대던 적귀들이 일시에 무인들을 덮쳐 가기 시작했다.

화화확!

그것은 사람의 움직임이 아니었다. 먹이를 노리는 짐승, 바로 그것의 움직임이었다.

엄청난 투기를 내뿜으며 달려드는 적귀!

"어!"

"어엇!"

갑작스런 적귀의 변화에 무원각 무인들은 일시지간 당황했다.

다급한 소리와 함께 검이 사방을 어지러이 휘저었다.

채챙, 파팍!

"크아악!"

그러나 검이 깨져 나가고 피가 튀었다.

지금까지의 적귀와는 차원이 달랐다.

빠른 움직임뿐만이 아니라 그들의 내력이 순간 배로 늘어난 듯했다.

"으악!"

"캬!"

거친 비명 소리가 사방에서 터져 나왔고, 눈 한 번 깜빡일 만한 짧은 순간에 스무 명이 넘는 무인이 죽어나갔다.

"저!"

그 광경을 지켜보던 임가육은 안색이 대변하여 소리쳤다.

임사득 역시 입술을 굳게 다문 것이, 심히 분노하고 있는 듯 보였다.

하지만 이는 시작일 뿐이었다.

"칫!"

임대정은 자신을 향해 일도양단의 기세로 떨어져 내리는 도를 피해 급히 신형을 뒤로 물렸다.

'어쩐지 너무 쉽더라니.'

그는 갑작스런 적귀의 변화에 적잖이 놀랐지만 깊은숨을 들이켜 안정을 되찾았다.

적귀의 실력이 무슨 이유에서인지 일시지간 늘어났다고는 하나 임대정은 아직 자신의 실력이 위라 생각했다. 그러니 걱정할 필요는 없었다.

다만 지금처럼 오성의 공력이 아니라 전력을 다해야 한다는 차이가 있을 뿐이었다.

그리고 적귀는 움직임은 빨랐지만 딱히 초식이라 부르기도 힘들 정도로 이상한 도법을 구사하고 있을 뿐이었다.

"이야압!"

내력을 한층 끌어올린 임대정이 반격에 나섰다.

따당! 채채챙!

과연 그의 검은 빠르면서도 강했다.

늘어난 내력이 적귀의 도를 맞아서 단 한 치도 밀리지 않았다. 아니, 오히려…….

푸욱!

다섯 초식 만에 임대정의 검이 적귀의 배를 꿰뚫었다.

"크아아악!"

모골이 송연한 적귀의 비명 소리가 귀를 후벼 팠다.

하지만 임대정은 방심하지 않고 검을 비틀어 뽑아내더니 한쪽 팔을 잘라냈고, 이어 심장에 틀어박았다.

"크……."

적귀의 입에서 시뻘건 피가 폭포수처럼 쏟아져 나왔다.

'이제 하나.'

애초에 시작부터 숫자상으로 우위에 있던 싸움이었으니, 단 한 명을 해치웠음에도 임대정은 자신의 몫을 치렀다 할 수 있었다.

그는 주위를 둘러봤다.

다른 동료들은 아직 적귀들과 검을 부딪치고 있는 중이었다.

결국 임대정이 첫 번째로 적귀를 해치운 것이다.

땀에 젖은 그의 얼굴에 희열의 기운이 서렸다.

'이제 가주도 나를 인정해 주시겠지.'

그는 혹시나 가주가 자신을 보고 있지 않을까 하는 생각에 대청 쪽으로 고개를 돌렸다.

바로 그 순간,

콰득!

뼈를 통해 전달되는 섬뜩한 소리.

"……?"

전신에 깃든 공력이 썰물처럼 빠져나가기 시작했다.

그는 비명 소리조차 내지 못했다.

그의 눈에 자신의 심장을 뚫고 오른쪽 옆구리를 향해 그어 내려 가고 있는 도신이 보였다.

낯익은 도신이었다.

바로 장신의 적귀가 사용하던 월아도!

'어떻게……?'

그의 얼굴에 강한 불신의 빛이 떠올랐다.

장신의 적귀는 분명 죽었다.

그냥 죽은 것도 아니고 한 팔이 잘리고 심장이 부서져 죽었다. 그런데 왜 그의 월아도가 여기 있는 것일까?

임대정의 신형이 서서히 무너져 내렸다.

그리고 마지막 순간, 그는 믿을 수 없는 광경을 보았다.

한 자루의 검을 깊숙이 가슴에 박은 채 입을 벌리며 덮쳐드는 적귀, 그리고…….

콰직!

자신의 얼굴뼈가 부서지는 소리.

'괴… 괴물…….'

그것이 그가 할 수 있는 마지막 생각이었다.

임대정의 얼굴을 물어뜯은 적귀는 우드득거리며 무언가를 씹어 먹더니 주위에 있던 또 다른 무인을 덮쳐 갔다.

"으아악!"

이번엔 팔이었다.

무인은 한 명의 적귀를 상대하다 느닷없이 나타난 장신의 적귀에게 무방비로 노출되어 그대로 팔을 뜯겼다.

"평아!"

옆에 있던 사내가 닥치는 대로 검을 휘두르며 달려왔다.

눈앞에서 동생의 팔이 떨어져 나가자 이성을 잃고 뛰어든 것이다.

쏴아악!

그의 검은 동생의 팔을 물고 있는 적귀의 허리를 그대로 베어냈다.

하지만 적귀의 행동은 멈추지 않았다.

"크아아아!"

"카악!"

내장을 철철 흘리면서도 적귀는 사내에게 달려들어 몸을 부둥켜안고 쓰러졌다.

사내는 벗어나려 힘을 썼으나 적귀의 하나밖에 없는 팔 힘을 감당하지 못하고 버둥거리기만 했다.

뒤이어 그 역시 임대정처럼 물어 뜯겼다.

이번엔 목 전체가 떨어져 나갔다.

"크으으으!"

"크아악!"

"으윽."

도처에서 적귀의 울부짖는 소리와 무인들의 비명 소리가
터져 나오고 있었다.

무원각 무인들이 강하기는 했으나, 괴물처럼 변해 버린 적
귀들에게 속절없이 무너져 갔다.

검으로 베고 찔러도 덤벼드는 적귀.

피범벅이 되어서도 날뛰어대는 적귀.

그렇게 연무장에서는 한 폭의 지옥도가 펼쳐지고 있었다.

"가주!"

보다 못한 가신 중 한 명이 소리쳤다.

하지만 임가육은 연무장을 뚫어져라 쳐다보며 팔을 부들
거리며 떨고만 있었다.

'이, 이럴 수가… 이럴 수가.'

차 한두 모금 마실 만한 그 짧은 순간에 반이 넘는 무원각
무인들이 쓰러졌다.

그리고 지금도 악마처럼 변한 적귀들의 손에 피를 뿌리고
있었나.

그가 원한 것은 이런 것이 아니었다.

아니, 예상하고 있던 적존교의 공격은 이런 것이 아니었다.

당당한 무인의 싸움. 바로 그것이었다.

그도 그럴 것이, 적존교는 선전포고를 했고, 공격할 날짜까
지 알려주었다.

그게 무슨 뜻인가? 당당하게 겨루어보겠다는 뜻이 아니겠는가?

또한 지금까지 적존교의 공격은 기습은 있을지언정 철저히 무에 의존했다.

적오단과 적룡대가 그랬다.

한데 지금은…….

'미친 마인들!'

그의 눈에서 불똥이 튀었다.

맞다. 미친 마인들이었다. 무원각 무인들을 쓰러뜨리긴 했으나 그들 역시 몸 성한 자들이 없었다.

당장 목숨이 끊어져도 이상하지 않을 정도의 부상을 당했다.

무엇 때문에, 어떻게 저런 힘을 발휘할 수 있는지는 모르겠지만, 얼마 지나지 않아 그들 역시 죽어나갈 것이 뻔했다.

"가주."

이번엔 임사득이었다.

"알겠습니다."

임가육은 딱딱하게 굳은 표정으로 고개를 끄덕이고는 크게 소리쳤다.

"조천각(朝天閣)이 나서라!"

그와 동시에 대청에 있던 몇몇이 움직였다.

그중에는 임진남도 있었다.

“그럼 다녀오겠습니다.”

“조심하거라.”

“걱정하지 마십시오, 아버님.”

그는 절도있게 대답하고는 신형을 돌려세웠다.

조천각!

무원각이 방계의 무인들로 이루어져 있다면 조천각은 직계의 무인들로 이뤄진 집단이었다.

그러니 무원각에 비해 무공이 뛰어날 수밖에 없었다.

아무리 방계에게 비전절기를 전수했다고는 하나 연공한 시간에 있어서 차이가 났기 때문이다.

잠시 후 일단의 무리가 연무장에 돌입했다.

푸른 띠를 머리에 두른 그들은 하나같이 얼굴빛이 굳어 있었으며 적귀들을 맞아 살수를 펼치는 데 주저함이 없었다.

퍼퍼퍽.

차차창!

“끄으으윽!”

일방적인 도살.

적귀들은 이미 내력을 소진할 대로 소진한 터라 더 이상 버틸 힘이 없다는 사실이 한몫하긴 했지만, 그것이 아니더라도 푸른 띠를 두른 무인들은 적귀에 비해 실력이 월등히 뛰어났다.

시산혈해(屍山血海).

처참한 살육의 시간은 촌각에 지나지 않았다.

적귀들은 모두 사지가 갈라져 죽었다.

하지만 살아 있는 무원각 무인 역시 채 스물을 넘지 못했고 그마저도 죽지 못해 살아 있는 것과 다름없었다.

신음 소리조차 없는 적막만이 감도는 연무장.

임진남은 마음 깊숙한 곳에서부터 끓어오르는 분노를 감추지 못했다.

'미안하네. 조금만 더 일찍 싸움에 참여했다면 이런 불상사는 막을 수 있었거늘.'

자책감이 밀려왔다.

하지만 어쩌랴, 이미 벌어진 일인 것을.

임진남은 부서져라 어금니를 깨물며 두 사람을 노려봤다.

노종악과 목고산!

이제 남은 것은 저 두 사람뿐이었다.

第三十二章
적룡대(赤龍隊)

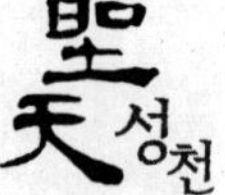

인청각원들의 거처.

위지극은 창을 통해 밖을 내다보고 있었다.

구석진 곳이라 그런지 딱히 구경거리도 없었건만 그는 미동도 하지 않았다.

왜 위지극은 시선을 밖에다 두고 있는 것일까? 그 이유는 뷰명했다.

바로 임도옥, 그녀가 있었기 때문이다.

위지극은 그녀와 시선을 마주치고 싶은 마음이 추호도 없었다.

'참 넉살도 좋네.'

그는 속으로 생각했다.

자신 같으면 죽으면 죽었지 절대 함께 있지 않을 텐데 말이다.

한편, 임도옥은 방 한구석을 차지하고 앉아 두리번거리다 모두가 들을 수 있도록 말했다.

"우리 집에 이런 누추한 곳도 있었네."

그녀의 한마디에 소유아가 발끈했다.

"싫으면 나가던지. 왜 여기까지 따라 들어온 건데?"

"내 맘이야. 그런데 어린 게 말을 편하게 하네? 응?"

"뭐? 어린 게?"

"그럼 네가 나보다 나이가 많아?"

"……!"

소유아는 얼굴이 벌게졌다.

임도옥은 그러거나 말거나 더 이상 이야기하기 싫은 듯 아예 고개를 돌려 버렸다.

그녀가 인청각 대원들의 방에까지 따라 들어온 이유는 순전히 그녀 자신의 의지였다.

처음엔 위지극과 함께 있으라는 아버지의 명이 못마땅했지만, 잘 생각해 보니 꼭 그런 것만은 아니었다.

이미 살수를 고용하기로 작정했으니, 이 기회에 위지극의 일거수일투족을 관찰하여 정보를 모으는 것도 괜찮을 듯했다.

적을 알고 나를 알면 백전백승이라는 옛말도 있지 않은가?

소유아는 순간 말문이 막혀 멈칫하다가 이내 악에 바쳐 뭐라 소리치려 했다.

한데 우희명이 불쑥 먼저 물었다.

"너, 가주의 딸이라며?"

임도옥이 위아래로 우희명을 훑어봤다.

"그런데?"

"참 속도 좋구나 하는 생각이 들어서."

"뭐야?"

"그렇잖아? 식구들은 언제 죽을지 모른 채 싸우고 있는데 너는 여기서 시시덕거리고 있으니 말이야. 참 대단한 가족애구나 싶어서."

소유아의 고개가 우희명을 향해 획하니 돌아갔다.

'그건 너도 마찬가지잖아!'

우희명이 적존교도임을 아는 소유아는 어이가 없었다. 물론 임도옥의 처지와는 달랐지만 말이다.

임도옥은 오히려 피식하고 웃었다.

"적존교 따위가 감히 우릴 어쩌겠어?"

"아하, 적존교 따위……."

순간, 방 안의 분위기가 싸늘하게 식었다.

'이크.'

창밖을 보고 있던 위지극의 어깨가 한차례 들썩였다.

우희명의 성격을 잘 아는 위지극은 그녀가 참지 못하고 출수할까 봐 간이 콩알만 해졌다.

그는 급히 돌아앉더니 빙긋 웃으며 우희명의 어깨에 손을 올렸다.

"저기, 있잖아."

"잠깐만, 방금 뭐라고 했지? 적존교 따위가 뭐?"

임도옥도 뭔가 심상치 않게 일이 돌아가고 있음을 느꼈다.

한데 그 이유를 아무리 생각해도 알 수 없었다.

"우리가 적존교 따위에게 질 리 없다고 했다. 왜?"

"좋아, 좋아. 그렇단 말이지?"

우희명이 화사한 미소를 지으며 자리에서 일어섰다.

"희명아?"

위지극이 화들짝 놀라 따라 일어섰다.

바로 그 순간!

그는 뭔가 섬뜩함을 느꼈다.

그것은 우희명이 끌어올린 진기 때문이 아니었다. 섬뜩함은 창 너머에서 오는 것이었다.

"위험해!"

위지극은 급히 우희명을 창가에서 밀쳐 냈다. 그와 동시에, 쉭쉭! 파팍!

뭔가가 창을 뚫고 들어와 벽에 박혔다.

벽에 박힌 그것은 하나의 화살이었다. 화살 중간에는 무언가가 종이에 단단히 싸여져 있었다.

"……!"

그것을 본 금산청이 크게 놀라 소리쳤다.

"모두 피해라!"

그의 말이 떨어짐과 동시에 위지극의 검이 뽑혀져 나왔다.

콰쾅!

단 일검에 창이 있던 벽에 커다란 구멍이 뚫렸다.

휘휘휙!

방 안에 있던 모두는 영문을 몰랐지만 금산청의 목소리에서 뭔가 크게 잘못됐다는 것을 깨닫고는 구멍을 통해 밖으로 신형을 날렸다.

마지막으로 임도옥까지 빠져나왔을 때,

쫘광!

땅을 흔드는 굉음과 함께 방 안에서 불길이 치솟았다.

그들이 있던 방만이 아니었다.

다른 인청각 조원들이 머무는 방에서도 연이은 폭음이 들려왔다.

"이, 이게."

위도곡은 넋이 나간 얼굴이었다.

이는 다른 사람들도 마찬가지였다.

금산청이 위험을 알리고 위지극이 재빨리 기지를 발휘하지 못했더라면 방 안에 있던 모두가 화를 면키 어려웠을 것이다.

그야말로 간발의 차.

"괜찮아?"

위지극이 우희명을 돌아봤다.

그녀는 고개를 끄덕였다. 그녀 역시 놀라기는 마찬가지. 하지만 그보다도 누가 이런 일을 저질렀나 하는 것에 의문이 들었다.

다행히도 그녀의 의문은 곧 풀렸다.

위지극이 한곳을 뚫어져라 바라보고 있었던 것이다.

그의 시선이 머무는 곳, 거기에는 십여 명의 일단의 무리가 있었고, 그들 중 몇몇은 일반 활보다 훨씬 작은 활을 들고 있어서 방금 일어난 일이 이들의 소행임을 대번에 알 수 있었다.

또한 그들의 일신에 걸친 붉은 경장에는 한 마리의 용이 수놓아져 있었다.

이들을 본 우희명의 안색이 미미하게 변했다.

'적룡대!'

지금 한창 임씨세가와 싸우고 있어야 할 이들이 왜 세가 내에서도 가장 변두리인 이곳에 있는 것일까?

"꽤나 동작들이 빠르군."

"너희들이 한 짓인가?"

금산청이 나지막한 음성으로 물었다. 그의 목소리에는 진한 분노가 깃들어 있었다.

그는 이미 알고 있었다.

방금 전의 폭발로 이미 많은 수의 인청각원들이 희생되었음을.

그만큼 폭발은 강력했다.

"산청."

"……?"

그때 뒤에서부터 누군가의 목소리가 들려왔다.

금산청은 재빨리 돌아섰다.

"그자들은 우리에게 맡기는 게 어떻겠나?"

"일정!"

뒤에는 이십조 조장인 누일정이 도포를 펄럭이며 서 있었고, 그 뒤로 여덟 명의 인청각원이 더 있었다.

"무사했구나!"

누일정은 고개만 끄덕였다.

그는 금산청과 대화를 나누고 싶은 생각이 없는 듯 보였다.

다만 이글거리는 눈빛, 그것으로 모든 것을 대신했다.

남아 있는 사람은 모두 열다섯, 서른 명이 와서 반절이 죽었다.

그것도 제대로 싸워보지도 못하고 개죽음당했다.

금산청은 한 발 물러섰다.

누일정이 속한 이십조 중에서 살아남은 사람은 두 명밖에 없었다.

누일정 역시 부상을 당했는지 얼굴에 피가 묻어 있고 도포는 갈기갈기 찢어진 상태였다.

누일정은 앞으로 걸어갔다.

그의 시선은 단 한 명에게 고정되어 있었다.

활을 들고 있는 세 사람 중 눈매가 날카롭게 치켜 올라간 적의사내.

누일정이 다가오자 적의사내는 오히려 묘한 미소를 짓더니, 활을 내려놓았다.

그리고는 옆에 있던 사내에게 말했다.

"아무래도 몸을 좀 풀고 와야겠습니다."

"오 초를 주겠다."

"삼 초면 충분합니다."

그들의 대화는 인청각원들에게도 들렸다.

전 무림의 뛰어난 후기지수들 중에서도 고르고 골라 뽑은 게 바로 인청각원들이다.

게다가 지금 저들이 상대하려는 누일정은 지금 이곳에 보내진 인청각원들을 대표하는 위치에 있는 인물이었다.

"미친놈."

남아 있던 누군가가 참지 못하고 한마디 했다.

이는 다른 이들의 생각을 대신하는 말이기도 했다. 하지만……

"적룡대."

우희명의 한마디에 모두가 그녀를 쳐다봤다.

"뭐?"

위지극이 물었다.

"적룡대야, 저 사람들."

"적룡대라면 적오단보다 실력이 좋다는 그들?"

"맞아."

북무림회에서 적오단은 대략 인청각 하위조와 비슷하고 적룡대는 상위조와 비슷하리라 예상했다.

그러니 이는 누일정이 저들을 당해내기에 힘들다는 뜻이기도 했다.

금산청은 걱정되었다.

상대가 적룡대임을 안 이상, 그 혼자 싸우게 내버려 둘 수는 없었다.

머릿수는 이쪽이 다섯이 더 많다.

비록 실력에서 뒤지더라도 숫자에서 우위에 있으니 해볼 만했다.

"일정……."

"괜찮아."

누일정은 담담히 대답했다.

"네 마음은 안다. 하지만……."

"괜찮다니까!"

그는 갑자기 버럭 소릴 질렀다.

"……."

"나 혼자 할 거다."

누일정은 단호히 말하고는 벽자검을 뽑았다.

"패기는 좋군."

적룡대원의 말이 끝나는 순간,

파파팟!

느릿하게만 걸어가던 누일정이 바람처럼 앞으로 쏘아져 갔다.

따다다당!

"이게 무당의 검법이냐? 거칠기도 하구나! 하하하핫!"

적룡대원은 검으로 여유있게 누일정의 공격을 막아내고는 대소를 터뜨렸다.

'졌다.'

금산청은 단 한 번의 격돌을 보았지만 적룡대원이 누일정에 비해 한 수 위라는 사실을 알았다.

그렇지 않았다면 누일정이 전력으로 펼친 무당의 칠검연환(七劍連環)을 저리 수월하게 막아내지 못했을 것이다.

"준비해라."

금산청은 조원들에게 말하고는 검을 뽑았다.

"누일정이 무너지면 그때 공격한다."

"하지만 산청이 형, 그보다 지금 바로……."

“지금은 안 돼.”

금산청은 위도곡의 말을 잘랐다. 그는 그답지 않게 엄숙한 표정을 지어보였다.

“일정이가 원한 것이니까.”

금산청은 누일정의 무인으로서의 자존심을 살려주고 싶었다. 하지만…….

“죄송하지만, 저도 도곡 형하고 같은 생각이에요.”

“극아.”

“저 형을 살리고 싶으면 지금 손을 써야 해요. 죽고 난 다음에 무슨 소용이 있겠어요?”

“하지만 일정이는…….”

“……!”

위지극이 말하다 말고 급히 고개를 돌렸다.

싸움은 금산청과 위지극이 몇 마디 이야기를 나누던 그 짧은 사이에 종국으로 치닫고 있었다.

어느새 당했는지 누일정의 가슴엔 길게 검상이 나 피가 흐르고 있었다.

“이것이 마지막 삼초다!”

적룡대원의 고함 소리와 함께 그의 검이 기이하게 허공을 휘젓더니 어느 순간 일직선으로 떨어져 내렸다.

‘늦었다!’

위지극은 가슴이 철렁했다.

먼저 행동하지 않은 자신을 책망할 수밖에 없었다.

바로 그 순간,

쨍!

그의 검이 무언가에 부딪쳐 방향이 틀어졌다.

"누구냐!"

생각지 못한 방해를 받자 적룡대원이 노화를 터뜨렸다.

위지극에겐 이 광경이 전혀 낯설지 않았다.

바로 유금도문에서 자신이 직접 겪지 않았던가?

'희명?'

위지극의 예상은 틀리지 않았다.

우희명이 한 발 앞으로 나서고 있었던 것이다.

항상 방긋거리던 그녀의 얼굴이 마치 서리가 내린 듯 차가웠다.

적룡대원은 어린 여자가 나서는 것을 보자 기가 막혔다.

"네년이냐?"

우희명은 아무 대답도 하지 않고 싸늘하니 그를 쳐다보다가 이윽고 품에서 무언가를 꺼내더니 손을 떨쳤다.

쏴아악!

"헛!"

적룡대원은 방금 전 우희명의 암기에 검을 부딪쳐 본지라 감히 방심하지 못하고 검으로 막아내려 했다.

하지만 우희명의 손을 떠난 그것은 그가 아닌 적룡대원 중 우두머리로 보이는 자에게 날아갔다.

우두머리 역시 검으로 막아내려 했다.

한데 놀랍게도 쏜살같이 빠른 속도로 날아오던 그것이 그 앞에 다다라서 속도가 느려지는 게 아닌가?

우두머리의 얼굴에 미미한 놀람의 빛이 떠올랐다.

그는 혹시 모를까 싶어 내력을 끌어올린 채 물건을 잡아챘다.

이어 그것을 확인한 그는 멀리서도 알아볼 수 있을 만큼 심하게 몸을 떨었다.

'이것은……!'

백옥(白玉)으로 령(靈) 자가 새겨진 붉은 목패!

'백령패?'

그는 뚫어져라 목패를 쳐다보다가 고개를 들어 우희명을 바라봤다.

'저분이 백령.'

그는 우희명을 한 번에 알아보지 못했다.

어쩌면 그로서는 당연했나. 우희녕을 본 것이라고 해봐야 먼발치에서 본 몇 번에 불과했으니.

우희명은 예의 딱딱한 표정으로 그를 노려보고 있었다.

그녀의 시선을 접하자 그의 이마에서 한줄기 식은땀이 흐르기 시작했다.

'그런데 왜 여기에 계시는 거지? 상부로부터 어떤 분부도

받지 못했거늘. 자칫했으면······.'

　백령, 아니, 소교주를 화탄으로 죽일 뻔했다. 이는 죽음으로써도 감당 못할 대죄였다.

　'큰일 날 뻔했구나. 그런데 혹시······.'

　그는 무언가를 생각해 내고는 정신이 퍼뜩 들었다.

　백령은 자신이 모르는 임무를 수행 중이었을 것이다. 그것도 정파에 잠입해서.

　"네년이 그랬냐고!"

　우희명에게 방해받은 적룡단원이 그녀에게 걸어가고 있었다.

　"멈춰라."

　"······?"

　"다른 곳으로 이동한다."

　우두머리의 말에 그는 잠시 머뭇거렸으나, 명령은 명령. 따를 수밖에 없었다.

　우두머리는 우희명을 다시 한 번 힐끗 쳐다보고는 공손히 목패를 땅에 내려놓더니 부하들과 함께 사라졌다.

　적룡대원이 모습을 감추자 금산청이 누일정에게 뛰어갔다.

　그는 이미 검상을 입어 기식이 중한 상태였다. 바로 치료를 받지 않으면 목숨마저 장담할 수 없는 상황.

　단 이 초식 만애 무당의 신진 고수 중 하나인 누일정이 이

꼴이 되었다는 것은 믿기 힘든 일이었다. 그것도 적룡대 중 말석으로 보이는 자의 손에 의해.

누일정은 기식이 엄엄했으니, 이제 인청각원을 지휘할 사람은 금산청뿐이었다.

그는 이십조 중 살아남은 한 명에게 누일정을 안전한 곳으로 옮기라 명했다.

퍼펑! 펑!

곳곳에서 폭음이 들려오며 불길이 번졌다.

물러난 적룡대원들이 다른 곳을 공격하고 있는 것으로 보였다. 아니면 또 다른 적룡대가 있거나.

금산청은 결정을 내려야만 했다.

그는 동료들을 돌아봤다.

"어떻게 하는 게 좋겠어?"

가장 먼저 소유아가 대답했다.

"뭘 물어보고 그래요. 당연히 가야지."

"유아 말이 맞아요."

사연화가 동감했다. 위도곡도 말은 안 했지만, 눈빛으로 말하고 있었다.

"극아, 너는?"

"임씨세가에서 어떻게 생각할지는 모르겠지만……."

그는 임도옥을 바라보고는 말을 이었다.

"마땅히 도와야죠. 그렇겠지?"

마지막은 임도옥에게 한 말이었다.

"……."

임도옥은 아니라고 쉽게 대답하지 못했다.

그녀도 방금 전 적룡대원의 무위에 기가 질린 상태였다.

그 정도 무위를 지닌 자가 후방을 치고 있었으니 정면의 적들은 얼마나 강할 것인가?

"안 돼."

우희명이 강력히 반대했다.

"적룡대의 실력을 두 눈으로 똑똑히 봤잖아. 게다가 오늘 여기 온 사람은 저들이 다가 아니야. 가봐야 어차피……."

"우 소저, 말씀은 고마우나……."

위지극이 급히 나섰다.

"산청이 형, 먼저 가세요. 금방 뒤따라갈게요."

금산청은 위지극을 지그시 바라보다 이내 고개를 끄덕였다.

"알겠다."

금산청이 신법을 전개하자, 뒤이어 인청각원들이 그를 따라 신형을 날렸다.

사연화는 마지막까지 위지극을 쳐다보다 결국 그녀 역시 돌아섰다.

모두가 사라지고 임도옥과 우희명만 남게 되자 위지극은 우희명의 어깨를 살며시 잡으며 미소 지었다.

“반드시 가야 돼. 너도 말은 그렇게 했지만 이미 알고 있잖아.”

가까이서 위지극과 시선이 마주치자 우희명은 왠지 묘한 기분이 들었다.

위지극의 미소는 그녀의 마음을 흔들어놓았다. 또한 거절할 수 없는 강력한 힘이 있었다.

“그래도……..”

“빨리 이번 일을 마무리 짓고 함께 가자. 네가 가자고 한 거기에. 어때? 좋지?”

위지극의 미소가 더욱 짙어졌다.

우희명은 위지극의 눈을 한참 동안 바라보다 결국 살며시 고개를 끄덕였다.

“좋아.”

위지극은 손뼉을 짝, 하고 쳤다.

“혹시 곤란할지도 모르니까 너는 여기 남아 있는 게 어때?”

“이미 늦었는데 뭘.”

“아! 그렇지.”

우희명의 물건을 보고 적룡대가 물러섰으니 이미 그녀가 이곳에 있다는 사실은 들킨 것이나 다름없었다.

“괜찮겠어? 나중에……..”

“상관없어. 아버지가 조금 화를 낼진 모르겠지만 설마 딸을 죽이기야 하겠어?"

우희명이 장난기 어린 표정으로 말했다.

위지극은 항상 밝은 그런 그녀가 좋았다.

"그리고 걱정되는 게 한 가지 더 있는데……."

"뭔데? 말해봐."

"그러니까… 음, 아무래도 손을 쓰게 되면……."

"내게 미안할 것 없어."

우희명은 위지극이 말하고자 하는 의미를 알아채고 대답했다.

그는 적존교도를 해쳐도 괜찮겠냐는 뜻이었다.

아무래도 우희명의 입장에선 적존교도가 동료일 테니 말이다.

우희명의 대답에 위지극이 놀란 눈으로 그녀를 쳐다봤다.

위지극으로서는 지금 그녀의 말이 쉽게 이해할 수 없는 것이었다.

"정말?"

"정말."

"수하나 동료 아니었어?"

"아버지에겐 그렇지. 하지만 나에겐 아니야. 그리고 만약 그렇다 하더라도."

순간 우희명의 뺨이 붉어졌다.

"나는 그들을 돕지 않을 테니까."

위지극은 그제야 알았다, 그녀에게 무엇이 더 소중한지를.

그건 바로 자신이었던 것이다.

위지극은 왠지 모르게 쑥스러워졌다.

"아… 하… 하하."

뒷머리를 긁적이며 멋쩍게 웃더니 갑자기 화들짝 놀라 우희명의 손을 잡았다.

"늦었다!"

"갈까?"

"그래!"

"자, 그럼 예전에 하던 대로."

우희명이 팔을 내밀었다.

"여기서?"

"늦었다며!"

우희명은 위지극의 대답을 기다리지도 않고 그를 들어 안고는 땅을 박찼다.

홀로 남은 임도옥은 어찌해야 할지 잠시 망설였으나 그녀가 가야 할 곳은 이미 정해져 있었다.

퍼펑! 펑!

그때 또 다시 들려오는 폭음.

'이 자식들이……'

임도옥은 치를 떨었다.

재대로 뒤통수를 맞았다. 전방에 시선이 집중돼 있는 사이

후방을 치고 들어왔다.

　그나마 싸움에 임하지 않는 가솔들이 모두 피신해 있었기에 망정이지 그렇지 않았더라면 이 한 번의 습격으로 큰 위기에 처할 뻔했다.

　임도옥은 치솟는 불길을 노려보다 위지극이 사라진 방향으로 신형을 날렸다.

＊　　　＊　　　＊

　"이야아, 이거, 생각보다 대단한 놈들이었습니다."

　땅바닥에 흩어져 있는 적귀들을 바라보며 목고산이 신이 나 말했다.

　"그렇군."

　노종악은 인정하지 않을 수 없었다. 또한 약왕전주의 대단함을 새삼 깨달았다.

　아무리 이지를 상실시켰다고는 하나 약물로써 적귀 같은 자들을 만들어냈다는 것은 놀라운 일이었다.

　"한데……."

　목고산이 눈짓으로 푸른 띠를 머리에 두른 임진남 등을 가리키며 말을 이었다.

　"저놈들도 꽤 합디다."

　"예상외로군."

“그렇지요. 얘기 들은 것보다 조금은 나아 보이는군요. 뭐,
그래 봤자…….”

목고산이 팔짱을 풀며 히죽 웃었다.

“다 죽을 테지만.”

두 사람을 지켜보고 있던 임진남이 이 말을 듣지 못했을 리
없었다.

그의 눈빛이 더욱 강렬해졌다.

“이런 천인공노할 짓을 해놓고 잘도 지껄이시는군.”

“뭐, 이 정도 가지고 그리 열 받아 하고 그러시나.”

“닥쳐라!”

“어허, 귀 떨어지겠다, 이놈아.”

“둘 중 어느 놈이 먼저 나설 테냐?”

목고산의 능글능글한 태도에 임진남의 목소리가 더욱 커
졌다.

목고산은 태연히 고개를 저었다.

“쯧쯧, 네 말은 한참 잘못되었단다.”

“……?”

“우리가 너 같은 애송이와 드잡이를 할 리 없지 않겠느
냐?”

“뭣이!”

그때였다.

정문을 통해 일단의 무리들이 들어섰다.

그들은 모두 헐렁한 적포를 입고 있었는데, 하나같이 형형한 안광을 빛내는 것이 일견에도 고수임을 알 수 있었다.

적포인들은 목고산의 뒤에 열을 맞춰 정렬하더니 크게 소리쳤다.

"단주를 뵙습니다!"

그 순간에야 임진남은 그들의 정체를 알 수 있었다.

적오단.

적오단은 다섯이서 한 조를 이룬다고 했으니 대략 스무 조쯤 되어 보였다.

또한 이제야 비로소 적존교의 인물들이 나섰다 할 수 있었다.

진정한 적존교와의 싸움, 그것은 이제부터 시작이었다.

"그래그래, 오늘 한번 질펀하게 놀아보자."

목고산이 가볍게 손짓하자 적포인들이 조천각 무인들을 향해 신형을 날렸다.

"쳐라!"

임진남도 검을 치켜들었다.

퍼퍼펑!

쉬쉭!

적포가 펄럭이는 소리가 연이어 터져 나오며 싸움이 시작됐다.

적포인들의 장력이 뿜어내는 경기가 흙먼지를 일으키며

허공을 뒤덮었고, 그 사이사이로 임씨세가의 무인들이 펼치는 검광이 번뜩였다.

이백이 넘는 무인들이 혈투를 벌이니 보는 것만으로도 눈이 어지럽고 귀가 멀 정도였다.

목고산은 장내의 싸움을 잠시 지켜보다 노종악에게 시선을 주었다.

"이제 저도 가봐야겠습니다."

"때가 됐는가?"

노종악은 무덤덤하니 대꾸했다.

하나 그의 눈빛에는 말로 표현 못할 의미가 함축되어 있었다.

"하하하, 기다리던 때이지요. 그럼 후에 뵙겠습니다."

그는 정중히 포권을 취하고는 대청을 향해 걸음을 떼었다.

목고산의 뒷모습을 바라보는 노종악은 왠지 모르게 쓸쓸해 보였다.

'그래… 후에 보세.'

"숙부님이 보시기에 어떻습니까?"

혈전을 지켜보던 임가육이 임사득에게 물었다.

"아직까지는 우위라 할 수 있네."

임사득의 대답은 어딘지 모르게 모호했다. 또한 대답과 달리 표정이 좋지 못했다.

임가육은 그 이유를 짐작할 수 있었다. 그 역시 마찬가지였기 때문이다.

적귀들도 날뛰기 전까진 무원각 무인들에게 뒤처지고 있었다. 그러던 것이 단 한순간에 뒤집어지고 말았다.

결국 적오단과의 싸움도 그럴 공산이 있었다.

그때 옆에서 둘의 대화를 듣고 있던, 육십이 넘었으나 건장한 체구의 노인이 입을 열었다.

"형님께서 하시는 말씀의 뜻은 잘 알겠으나 저들은 적귀들과 달라 보이는구려."

그는 임사득의 친동생인 임요평이었다.

동생의 말에 임사득이 그를 쳐다보며 물었다.

"뭐가 말인가?"

"적귀들은 일견에도 정상이 아닌 놈들이었지 않습니까? 한데 저놈들은 제정신으로 보이니 그런 괴이한 수를 쓰지는 않을 듯합니다."

확실히 그의 말에는 일리가 있어 보였다.

적귀의 행동은 정상정인 사고의 사람이 할 수 있는 게 아니었다.

하지만 임사득은 고개를 저었다.

"그건 모르네. 저들 역시 방금 전처럼 돌변할지 누가 알겠는가? 저들이 마인이라는 점을 절대 잊지 말게."

"아… 알겠습니다."

임요평은 더 이상 임사득의 말에 토를 달지 못하고 수긍하듯 고개를 끄덕였다.

"그나저나 이렇게 보니 진남이가 가져온 비급이 제대로 된 물건이었음을 재차 깨닫게 됩니다."

사실 이렇게 조천각이 적오단에 맞서 우위에 서 있다는 것만으로도 훌륭했다.

적오단이 인청각의 하위조와 비슷한 실력이므로 결국 조천각의 무인들은 임씨세가에 머물고 있는 인청각원들에 비해 뛰어나다는 뜻이었다.

그야말로 놀라운 성취다.

하나의 가문이 이렇게 많은 고수를 거느린 적이 과연 있었던가?

그러나 임사득은 흡족함보다는 왠지 모를 불안감이 밀려왔다.

그건 적귀들을 흥분시킨 괴이한 장소성의 정체를 파악하지 못했다는 데에서 오는 것일 수도 있지만, 그 외에도 적존교기 준비한 뭔가 다른 것이 있으리라는 것에 대한 불안감이었다.

그때였다.

어디선가 아련하게 폭음 소리가 들려왔다.

임사득은 안색이 돌변하여 소리가 들려온 곳으로 고개를 급히 돌렸다.

'저… 저것이었나?'

그의 눈에 화광이 들어왔다.

세가의 뒤쪽, 후원이 있는 곳이었다.

"숙부님!"

임가육도 이를 보고는 다급하게 소리쳤다.

그의 얼굴에도 한줄기 낭패의 기색이 떠올랐다.

'역시 마인들. 정공만을 기대했던 우리가 어리석었군.'

임사득은 속으로 한탄하면서도 겉으로는 비교적 평안해 보였다.

"가주, 걱정 마시게. 모두 피신한 상태니 인명의 피해는 없을 것이네. 하지만 이대로 가만히 두고 볼 수도 없겠지. 요평."

"네, 형님."

"자네가 가봐야겠네. 혹시 모르니 인원은 넉넉히 데려가고."

"알겠습니다."

임요평이 일단의 무인들을 대동하고 사라지자 임사득이 넌지시 말을 꺼냈다.

"가주, 우리가 나서는 게 어떻겠나?"

"걱정되십니까?"

"그렇다기보다는 만약을 대비하자는 것일세."

"하지만……."

임가육이 곤란한지 머뭇거렸다.

임사득은 그의 속내를 짐작할 수 있었다.

바로 체면 때문이다.

지금 이곳에 와 있는 적존교도들 중에 우두머리라 할 수 있는 자라 해도 가주가 직접 나서기에는 한참 모자란 위치의 인물이었다.

즉, 수뇌급도 아닌 자와 손을 맞대기를 임가육은 꺼려하고 있는 것이었다.

그러나 임사득의 생각은 달랐다.

이미 무원각 무인들이 처참하게 죽어나간 지금에 와서는 되도록 희생을 줄이고 싶었다.

원로라 할 수 있는 자신들이 나선다면 적오단 백여 명 정도는 쉽게 처리할 수 있었으니, 어찌 보면 그것이 가장 합리적인 선택이었다.

또한 모습을 드러내지 않고 있는 장소성의 주인, 그리고 화마를 일으키고 있는 무리들. 그들이 합류한다면 전세가 어찌 바뀔지 몰랐다. 때문에 그전에 이곳을 정리해 놓을 필요가 있었다.

"가주, 잘 생각해 보시게, 지금 중요한 게 무엇인지를."

"숙부님."

임가육은 썩 내키지 않았으나 그의 의견을 무시할 수만은 없었다.

“모두 그리 생각하십니까?”

그는 대청에 있던 다른 원로들의 의견을 구했다.

“형님의 말씀이 옳다고 보네.”

“나도 그렇다네.”

몇몇이 임사득의 의견에 동의하고 나오자 임가육은 다른 방도가 없었다.

“좋습니다. 이왕 이리된 것. 단숨에 쓸어버립시다.”

“뭘 쓸어?”

“……!”

모두의 시선이 소리가 들린 쪽으로 향했다.

대청 바로 아래에서 목고산이 히죽거리며 서 있었다.

장내의 싸움이 너무나 소란스러워 그의 접근을 눈치채지 못했던 것이다.

임가육은 오히려 만면에 미소를 띠었다.

“찾아가는 수고를 덜어줬으니 고맙게 됐군.”

“뭘 그 정도 가지고. 한데 말이야.”

그는 대청에 있는 서른 명 남짓한 사람을 스윽 쓸어보며 말을 이었다.

“여기 있는 분들이 임씨세가의 제일 윗어르신들이겠군. 그렇지 않나?”

“네놈이 그런 것에 관심을 가질 필요가 있을까? 이제 곧 세상을 하직할 텐데?”

임가육은 뒷짐을 진 채 대청 아래로 한 계단 한 계단 내려가기 시작했다.

'과연… 육대세가의 가주다운 기세로군.'

임가육은 단순히 걸음을 옮기는 것뿐이었지만, 목고산은 은연중에 자신을 압박해 오는 기운에 대항하기 위해 내공을 끌어올려야만 했다.

목고산이 한 걸음 뒤로 물러섰다.

"호오, 왜? 겁이 나는가?"

임가육의 입가에 비웃음이 걸렸다.

그러거나 말거나 목고산은 뒤로 몇 걸음 더 물러난 후에야 멈춰 섰다.

"어디까지 도망가려고 하시나?"

"무림의 명숙답지 않게 조급하시군."

"너를 해치우고 나서도 할 일이 있으니까 당연한 것 아니겠나?"

"크크크, 좋아좋아. 그럼 시작하자고."

그의 말이 끝나는 것과 동시였다.

목고산은 크게 양손을 떨쳐 냈고, 그와 함께 거친 장력이 몰아쳐 갔다.

적오단이라면 누구라도 펼칠 수 있는 장법, 적혈마장이었다.

"잔재주군."

임가육이 느긋하게 한 손을 들어 올렸다. 그러자,

꽈광!

임가육의 장력에 부딪친 적혈마장은 굉음을 일으키며 폭발했고, 그러고도 여력이 남아 목고산의 적포를 찢어놓을 듯 흔들었다.

"하려면 제대로 해야지, 이게 뭔가?"

임가육의 나머지 한 손이 움직였다. 이번엔 조금 전과는 상반되게 빛살처럼 빨랐다.

퍼펑!

목고산이 서 있던 땅이 깊이 파이며 흙더미가 튕겨 나갔다.

하지만 목고산은 이미 몸을 뺀 뒤였다.

"이거나 먹어랏!"

그는 어느새 임가육의 우측으로 돌아가 장력을 날려대고 있었다.

"어림없는 수작을."

임가육은 여전히 느긋하니 신형을 움직이며 한 손으로만 적혈마장을 막아냈다.

퍼퍼퍼펑!

단 일수에 목고산의 적혈마장은 허공에서 씻은 듯이 사라졌다.

'오랜만에 보는군. 가주의 유극장(裕極掌).'

느긋하게 움직이는 초식 속에 칼날 같은 날카로움이 배어 있는 임씨세가의 절기, 유극장.

둘의 싸움을 지켜보던 임사득은 새삼 임가육의 고강함을 깨달았다.

임가육은 머리가 뛰어나게 좋거나 인덕이 높아서 가주가 된 것이 아니었다.

그가 가주의 자리에 오르게 된 이유는 단 하나. 그가 형제 중 가장 무공이 뛰어났기 때문이다.

무공만을 놓고 따진다면 다른 육대세가의 가주에 절대 뒤지지 않는 고수, 그게 바로 임씨세가의 가주 임가육이었다.

"이게 네놈의 전부라면 실망인걸."

실력의 차이가 극명했다.

목고산의 숨은 재주가 얼마나 대단할지 모르지만, 육대세가의 가주를 상대로 승부를 겨루기에는 한참이나 모자란 것이었다.

적오단주라고 하기에 대단한 무공의 소유자라 생각했건만 이건 마치 어린아이와 어른의 싸움과도 같지 않은가?

바로 그 순간이었다.

목고산의 기세가 일변했다.

"물론 전부가 아니지."

그의 입가에 묘한 미소가 걸렸다 싶은 순간, 그의 신형이 광포한 기운을 내뿜으며 번개처럼 쏘아져 갔다.

"이놈!"

임가육의 안색이 대변했다.

목고산의 신형이 덮쳐 간 곳, 그곳은 임가육이 아니라 원로들이 모여 있는 대청이었다.

第三十三章
적룡대주(赤龍隊主) 노종악(勞宗岳)

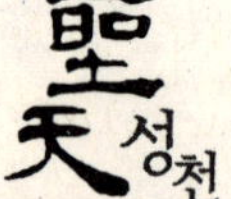

가장 먼저 반응한 것은 임사득이었다.

"어딜!"

그는 목고산이 땅을 박차는 순간 이미 내력을 운집하기 시
작했고, 덮쳐 오고 있을 때는 이미 쌍장을 내지르고 있는 상
태였다.

쾅!

강맹한 장력이 목고산을 후려쳤다.

"크크크."

하지만 사지의 뼈가 모조리 부서져 나갈 충격이었음에도
목고산은 괴이한 웃음을 흘렸다.

또한 어찌 된 일인지 임사득의 장력은 그의 신형을 뒤로 물리지도 못했다.

"모조리 죽어라!"

순간 임사득은 볼 수 있었다.

코앞까지 다가온 목고산의 얼굴이 피처럼 붉게 변한 것을!

'추사력!'

그 순간, 임사득의 머릿속에는 하나의 무공이 스쳐 지나갔다.

피 한 방울, 살점 하나까지 극독으로 변화시킨 자신의 몸을 폭사시키는 마공.

'늦었다.'

목고산의 몸은 이미 부풀대로 부풀었고 폭발하기 직전이었다.

그 어디로도 피할 곳이 없는 상황.

순간 임사득의 안광이 무섭게 빛났다. 그리고······.

"물러서시게!"

누구에게 하는지 모를 말을 내뱉으며 목고산을 향해 돌진했다.

"숙부님!"

임가육은 목이 터져라 소리치며 대청을 향해 신형을 날리려 했다. 하나 바로 그 찰나,

파직!

꽈광!

귀를 먹먹하게 하는 커다란 굉음이 터져 나오며 대청을 뒤흔들었다.

그리고 임가육의 눈앞에서 온 천지가 시뻘겋게 변해갔다.

"숙부님!"

임가육은 뒤늦게 대청에 올라섰다.

하지만 그가 볼 수 있었던 것은 이미 참혹하게 변해 버린 가문의 원로들이었다.

목고산과 정면으로 부딪친 임사득은 이미 형체를 찾아볼 수 없을 만큼 찢겨져 나갔고, 다른 원로들 역시 붉은 피를 뒤집어쓴 채 바닥에 쓰러져 있었다.

가장 뒤쪽에 있었던 몇 명만이 간간이 신음 소릴 내며 꿈틀대고 있었지만, 이들 역시 촌각을 넘기기 어려워 보였다.

전멸(全滅).

'이… 이……!'

임가육은 치미는 분노를 주체하지 못하고 전신을 부들부들 떨었다.

임가육은 그제야 어째서 목고산이 어쭙잖은 장법만을 펼치며 피해 다녔는지 깨달았다.

모든 게 이 한 수를 위해서였다.

처음엔 목고산과 대청 사이를 자신이 가로막고 있는 형세였다.

그러나 단 두 번의 마주침에 목고산이 대청과 자신의 사이에 들어선 것이다.

'이… 쥐새끼 같은 놈이!'

그리고 만약 목고산의 무공이 뛰어났다면 원로들은 처음 이야기한 대로 조천각을 도우러 대청을 벗어났을 것이다.

그러나 예상 밖으로 목고산은 그리 높은 실력이 아니었고, 단 몇 수 만에 수세에 몰리게 되자, 원로들도 승부가 나길 기다렸던 것이다.

그랬는데…….

쾅!

생각이 여기까지 이르자 임가육은 결국 참지 못하고 대청 바닥을 후려쳤다.

목고산의 핏자국이 바닥과 함께 산산이 부서져 나갔다.

'모조리… 모조리 죽여주겠다!'

이젠 남아 있는 적존교도를 모두 해치운다 해도 승리한 게 아니었다.

가문의 가장 핵심 고수들이라고 할 수 있는 원로들이 목숨을 잃었으니 말이다.

하지만 죽은 이들에 대한 복수, 그리고 미칠 듯이 치밀어 오르는 이 울분을 풀 수는 있으리라.

'수고했네.'

목고산의 죽음을 지켜보고 있던 노종악은 교를 위해 희생한 그를 위해 잠시나마 애도했다.

목고산은 오늘 자신의 임무를 훌륭하게 완수했다.

그의 임무는 하나였다.

바로 임씨세가 최고수들의 멸살.

그랬기에, 죽고 죽이기에 좋은 날씨라며 좋아했던 것이다.

또한 임가육은 잘못 알고 있었다.

그는 목고산이 되지도 않는 허술한 장력을 펼쳐 대며 자신의 허를 유도했다 생각했지만, 그건 완전히 틀린 것이었다.

목고산이 펼친 적혈마장은 그의 본신 실력이었으니 말이다.

어쩌면 임가육으로서는 당연한 생각이었는지도 몰랐다.

적오단의 실력은 이미 강호에 소문이 파다했다.

인청각원에 필적하는 고수. 목고산은 그런 적오단의 단주였으니 그에 걸맞은 뛰어난 실력을 갖추고 있으리라 예상했던 것이다.

물론 적오단주는 무공이 뛰어나야 오를 수 있는 직책이다. 하지만 그 무공은 적혈마장이 아니다.

적오단주가 되기 위해서 대성해야만 하는 단 하나의 무공.

그것은 바로 추사력이었다.

교를 위해 자신을 희생한다는 전제 조건하에 차지할 수 있는 지위, 적오단주.

때문에 적오단주라는 지위는 비록 적룡대주보다 낮지만 교에서 최고의 대접을 받는 존재 중 하나였다.

이제 목고산이 임무를 마쳤으니 또 다른 적오단주가 임명될 것이었다.

이미 추사력을 대성한 자는 여럿. 다만 순번에 있어 목고산이 첫 번째로 차지했던 것이니.

한편, 임가육은 이미 장내로 뛰어들어 있었다.

그는 마치 양 떼를 덮치는 늑대와 같았다. 아니, 호랑이와 같았다.

쉬익!

콰쾅!

그의 검이 미치는 곳엔 양단된 시체가 쌓여갔고 장력이 미치는 곳엔 갈가리 찢긴 시신만이 남았다.

적오단원들은 분노한 그의 일 초식을 감당 못하고 목숨을 잃어갔다.

그렇게 십여 명이 죽어나갈 때쯤, 드디어 변화가 일었다.

펑!

옆에서 들려오는 낯익은 소리에 임가육은 호통을 내질렀다.

"이놈들!"

추사력이었다.

목고산의 추사력과는 비교할 수 없을 만큼 미약한 것이었지만, 그 위력은 여전히 무서웠다.

"크악!"

"아악!"

추사력을 사용한 적오단원 근처에 있던 무인들이 피를 뒤집어쓴 채 비명을 질러댔다.

하지만 그 비명 소리도 얼마 가지 못하고, 사지가 녹아내리며 무너졌다.

가주의 등장에 힘을 내 적오단을 베어 넘기던 임진남은 그 모습에 사색이 되었다.

'이게……'

그는 싸움에 집중한 탓에 대청에서의 참변을 알지 못했다.

그는 추사력을 처음 본 것이었다.

"이들과 상대하지 말고 모두 물러서거라!"

조천각의 힘으로도 추사력을 막기엔 역부족이라는 사실을 다시 한 번 깨달았다.

더 이상의 희생은 어떻게든 막아야만 했다.

그는 임씨세가의 위상을 높이기 위해 적존교와 맞선 것이지, 공멸(共滅)하기 위해서가 아니었다.

임가욱은 급히 명을 내리면서도 검을 늦추지 않았다.

펑!

그때 임가욱의 정면에 있던 적오단원이 검을 곧추세우며 돌진해 오더니 추사력을 발했다.

“감히!”

쉬아아아!

임가육의 위맹한 장력에 그의 핏물은 오히려 옆에 있던 적오단원을 덮쳐 갔다.

“크아!”

퍼퍼펑!

주위에 있던 서너 명이 함께 추사력을 사용했으나, 이 역시 임가육에게는 무용지물이었다.

그의 장력과 검풍에 막혀 애꿎은 희생만 낳을 뿐이었다.

그렇게 임가육이 무위를 떨치고 있을 때,

파앗!

갑자기 등골이 서늘할 정도의 한기가 엄습해 왔다.

“……!”

임가육은 미처 그것의 정체를 확인할 시간도 없이 허리를 한차례 비틀며 좌로 반 장가량 피해냈다.

찌이익!

하지만 완벽하게 피하지 못해 장포가 세 치가량 찢겨져 나갔다.

그는 급히 신형을 돌려세웠다.

“네놈이!”

거기에는 한 손에 검을 든 노종악이 무심한 표정으로 서 있었다.

그는 한차례 임가육에게 시선을 주더니 적오단을 향해 나지막이 말했다.

"너희는 계속해라."

그 말이 떨어지자 적오단원이 다시 조천각 무인에게 달려들었다.

그들은 무력으로 조천각 무인들을 상대할 수 없다고 생각했는지 기회만 되면 추사력을 사용하기 시작했다.

퍼퍼펑!

그리고 그때마다 조천각 무인들은 쓰러져 갔다.

그 광경에 임가육은 두 눈이 뒤집혔다.

"비켜라!"

그는 목고산에게 했던 실수를 다시 하지 않으려는지 노종악을 무시하고 적오단원에게 신형을 날렸다. 그러나,

파팟!

또다시 매서운 검광이 쏘아져 왔다.

"감히!"

그는 노종악의 검을 단번에 부러뜨리려 매섭게 검을 휘눌렀다.

창!

하지만 노종악의 검은 부러지지 않았다.

오히려 임가육의 검을 밀어내더니 새하얀 빛을 뿌리며 목을 노리고 쏘아져 왔다.

“웃!”

팟!

임가육은 목을 휘어지듯 비틀어서야 겨우 검광을 비껴냈다.

‘이놈······.’

땅에 내려선 임가육은 노종악을 뚫어져라 노려봤다.

그의 눈빛에는 은은하게 놀란 기운이 서려 있었다.

노종악은 목고산과 달랐다.

그는 진정한 고수였다.

방금 전의 일검은 모골을 송연케 하는 무서운 쾌검이 아닐 수 없었다.

임가육은 마음이 급해졌다.

지금도 뒤에서는 요란한 소리와 함께 무인들이 죽어나가고 있었다.

하지만 앞을 가로막고 있는 쾌검의 고수는 결코 만만치 않아 보였다.

“오시오.”

노종악이 짤막하게 말했다.

임가육의 눈썹이 한차례 꿈틀거렸다.

그리고 그 순간, 기이하게도 임가육의 전신에서 정체 모를 향기가 피어오르기 시작했다.

‘흐음······.’

노종악의 표정이 점점 굳어졌다. 그와 함께 향기는 더욱더 짙어져 갔다.

그리고 얼마 지나지 않아 향기의 정체를 누구라도 알아차릴 수 있을 정도가 되었다.

후각을 자극하는 매화향.

눈앞의 인물을 대적하기 위해서는 전력을 다해야 한다는 것을 깨달은 임가육이 매하단신공을 끌어올린 것이었다.

이는 임씨세가 역사상 그 누구도 다다르지 못했다는 구성(九成)의 경지였다.

"본 가를 넘본 대가가 어떤 것인지 똑똑히 보여주마."

임가육의 말이 채 끝나기도 전에 그의 검이 먼저 움직였다.

그그그긍.

놀랍게도 검이 가볍게 그어졌을 뿐인데 돌무더기 무너지는 소리가 났다. 그뿐만 아니라 검을 따라 뜨거운 기운이 솟구쳤다.

임씨세가의 최고 절기, 용사구하검법(龍馣九河劍法)이었다.

좌아아아!

임가육의 검은 그 이름과 같이 용이 아홉 개의 강을 휘젓는 듯한 기기묘묘한 움직임을 보이더니, 어느 한 순간 감히 맞부딪치기가 두려울 정도로 강맹한 힘을 싣고는 노종악에게 짓쳐들어 갔다.

노종악은 침착히 대응했다.

아니, 검의 궤적을 파악하기까지는 침착했으나, 그 대응은 눈이 부시도록 빨랐다.

번쩍!

그의 검이 부르르 떨린다 싶은 순간, 임가육의 미간을 향해 번개처럼 쏘아져 갔다.

모든 허식을 버린 채 상대의 목숨만을 취하겠다는 뜻.

따당!

강하게 검이 부딪치며 불똥이 튀었다.

먼저 공격한 것은 임가육이었지만, 먼저 수비를 한 것도 임가육이었다.

임가육의 검에 깃든 내력이 강하기는 했으나, 노종악도 그에 못지않았다.

자신의 일 초가 헛되이 빗나갔음에도 임가육은 당황하지 않았다.

이미 그리되리라는 것을 예측이나 한 듯 그의 검은 유려하게 다음 초식으로 이어졌다.

후후후훙!

그의 전신을 감싸고 있는 매화향이 검의 움직임을 따라 뻗어나갔다가 돌아오고, 다시 휘몰아치다가 우회했다.

반면 노종악은 도도하게 밀려오는 임가육의 검을 맞아 오로지 쾌검만을 구사했다.

그의 검은 상대의 접근을 불허했다.

하늘을 향해 치켜 올라갔다 싶은 순간 어느새 상대의 다리를 노리고 있었고, 다리를 노린다 싶은 순간엔 목젖을 노리고 있었다.

유와 강에 맞서는 쾌!

두 사람의 싸움은 그렇게 시작됐다.

"저것 봐!"

소유아가 흘러내리는 땀을 닦을 사이도 없이 소리쳤다.

굳이 그녀의 말이 아니었어도 이제 막 도착한 인청각원들은 모두 연무장을 바라보고 있었다.

"가주?"

가장 먼저 눈에 들어온 것은 사방 일 장을 검기로 가득 메운 채 격전을 치르고 있는 임가육이었다.

"임 가주가 직접? 사형, 저게……?"

인청각원이자 금산청의 사제인 이건추가 놀란 눈을 치켜떴다.

"아무래도 우려하던 일이 일어난 것 같구나."

금산청의 안색이 무겁게 가라앉았다.

가주가 나섰다는 것은 둘 중 하나를 의미했다.

적 수장과의 담판으로 피해없이 일을 마무리하려는 것이거나 혹은 그가 나설 수밖에 없을 정도로 상황이 악화되었다는 것.

하나 이. 두 가지 중 어느 것 때문에 그가 나섰는지는 굳이 물어보지 않아도 주변 상황이 말해주고 있었다.

연무장을 가득 메우며 처참하게 죽어 있는 임씨세가 무인들.

그리고 지금도 혈투를 벌이고 있는 얼마 남지 않은 조천각 무인들.

금산청은 신속히 머리를 굴렸다.

지금은 자신들이 무엇을 해야 하는가. 결론은 금방 나왔다.

"저들을 돕자."

그는 눈짓을 보내고는 임진남이 싸우는 곳으로 달려갔다.

임 가주보다는 그들이 더 위험해 보였기 때문이다.

"조심하게!"

임진남이 검을 휘두르는 것을 멈추지 않으며 소리쳤다.

그때였다.

펑!

근처에 있던 또 한 명의 적오단원이 추사력을 사용했다.

순간 적오단원의 피를 뒤집어쓴 무인이 비명을 지르며 얼굴을 감싸 쥐었고, 순식간에 살갖이 녹아내리더니 뼈가 드러났다.

"엇!"

위도곡이 경악성을 내질렀다.

그제야 임진남이 무엇을 조심하라고 한 건지 깨달았다.

"홍!"

위도곡이 놀라 잠시 위축된 사이 흑전태도를 어깨에 걸머멘 소유아가 쏘아져 나갔다.

화악.

퍼억!

그녀는 무서운 광경을 목격했음에도 전혀 거리낌없이 도를 휘둘렀다.

사연화도 마찬가지였다. 그녀 역시 한층 성숙된 회천향검으로 적들을 상대했다.

다만 소유아는 추사력을 펼치기 전에 적들을 두 동강 냈고, 사연화는 추사력이 터지려 하면 신형을 뒤로 물려서 피해냈다는 점이 달랐다.

사연화는 추사력을 바로 눈앞에서 본 적이 있었다. 때문에 비교적 차분히 적을 상대할 수 있었다.

반면 소유아는 천성이 그런 것을 두려워하지 않는 성격이었기에 평상시와 다름없는 움직임을 보이고 있었다.

'......!'

위도곡은 정신이 번쩍 들었다.

두 여인의 용맹스런 행동을 보니 쉽게 덤비지 못한 자신이 부끄러워질 지경이었다.

그는 검을 힘껏 쥐고는 전장에 뛰어들었다.

이를 본 금산청과 나머지 인청각원들도 앞다투어 싸움에 참여했다.

퍼퍼퍽! 펑!

"크악!"

번뜩이는 검광과 함께 피와 살이 튀었고, 비명 소리가 연이어 터져 나왔다.

인청각원들의 합세에 점차 전세가 바뀌어갔다.

허둥지둥대며 속절없이 추사력에 당하던 임씨세가 무인들이 다시 본연의 실력을 찾아가고 있었다.

그것은 추사력의 약점을 시간이 지나면서 간파해 냈기 때문이다.

적오단원들의 추사력은 그 화후가 높지 않았다. 그렇기에 추사력을 사용하기 위해서는 잠시나마 시간이 필요했고, 그 짧은 시간 동안 진기와 보법이 흐트러졌다.

그 찰나의 시간이면 충분했다.

인청각원이 합세한 지 일각 후.

난무하던 검광이 사그라들고 비명 소리가 멈추어갈 때쯤.

쉬익!

임진남이 마지막으로 살아남은 적오단원의 목을 베어내면서 처참했던 싸움이 드디어 끝이 났다.

하지만 임진남은 검을 갈무리하지 않았다.

부친의 싸움이 아직 끝나지 않았던 것이다.

“소가주.”

“…….”

“돕지 않으실 겁니까?”

임씨세가 무인의 물음에 임진남은 대답하지 않았다.

그는 고민하고 있었다.

과연 부친의 싸움에 끼어들어도 되는 것인지. 어찌 보면 오늘 싸움에서 유일한 일대일의 정당한 결투인데 말이다.

“소가주, 지금은 체면에 연연해할 때가 아닙니다.”

“기다리게.”

그가 보기에 부친은 위험해 보이지 않았다.

오히려 상대를 압박하고 있는 듯했고, 적으면 오십 초, 많아도 백 초 이내에 부친의 승리로 결판이 날 듯싶었다.

그만큼 적의 쾌검은 점점 무뎌지고 있었던 것이다.

“빨리 마무리 지어야 합니다. 아직 적들이 얼마나 남아 있는지 모르지 않습니까? 소가주께서 못하시겠다면 후에 꾸지람을 듣더라도 저희가 나서겠습니다.”

“이보게!”

임진남은 말리려 했으나 이미 네 명의 무인이 적 수괴를 향해 신형을 날렸다.

하지만…….

“물러서거라!”

임가육의 호통이 터져 나왔다.

그와 동시에,

퍼퍼퍼퍼퍽!

"카악!"

"크헉!"

마치 거대한 폭풍에 휘말리기라도 한 듯 그들의 사지가 모조리 찢겨 나갔다.

"……!"

임진남은 두 눈을 부릅떴다.

무슨 일이 벌어진 것인지 제대로 볼 수조차 없었다.

분명 적 뒤에서 검을 찔러 넣고 있었건만 어느 순간 네 무인의 육신이 토막 나 흩날리고 있었다.

후두두둑!

뒤늦게 땅에 떨어진 조각난 시신들.

"흡!"

모두의 안색이 빙굴에라도 들어선 것처럼 얼어붙었다.

현격한 차이!

임진남은 그제야 자신의 고민이 쓸데없는 것이었음을 깨달았다.

부친과 맞서고 있는 저자.

여기 있는 전원이 덤벼들어도 이겨내지 못한다.

그렇게 적오단과의 싸움에서 살아남은 서른 명 남짓의 조천각 무인들과 열댓 명의 인청각원들은 숫적인 우세에도 불구하고 임가육의 싸움을 지켜보고 있을 수밖에 없었다.

하나 이 역시 오래가진 못했다.

스스스슷.

가벼운 옷자락 휘날리는 소리와 함께 수십 명에 이르는 적의인들이 세가 곳곳에서 나타난 것이다.

"산청이 형, 저놈들……."

"음."

금산청은 나지막이 한숨을 내쉬었다.

이제 막 모습을 드러낸 자들. 그들은 모두 동일한 복장을 하고 있었다.

용이 수놓아진 적의 경장. 바로 누일정마저 당해내지 못했던 적룡대였다.

그런 적룡대가 대략 오십.

숫적으로는 비슷하나 금산청은 지금의 난관이 결코 쉽지 않으리라는 것을 알았다.

방금 전에 본 임씨세가의 무인들은 예상외로 뛰어난 편이 었으나, 적룡내를 상내하기에는 부족해 보였나. 높이 평가해 도 기껏 동수 정도.

또한 금산청은 모르고 있었으나 그들이 이 자리에 나타났다는 것은 또 한 가지 사실을 알려주는 것이었다.

그들을 막기 위해 일단의 무리를 대동하고 사라진 임요평.

그가 실패했다는 뜻이었다. 그리고 그건 사실이었다.

비록 임요평은 적룡대를 맞이하여 전력을 다했으나, 저승 길 동행으로 겨우 네 명을 데려가는 것으로 만족해야만 했다.

"네놈들은 누구냐?"

임진남은 나서서 물으면서도 얼굴엔 불안한 기색이 역력했다.

그들이 나타난 방향, 그곳은 세가의 내부였다.

그는 적오단과의 싸움에 집중하느라 그동안 일어난 변고를 모르고 있었던 것이다.

임진남의 물음에 누군가가 입을 열었다.

하지만 그것은 임진남이 원하는 대답이 아니었다.

"대주께서 끝내시기 전에 이곳을 정리한다."

"존명!"

대답과 동시에 적룡대가 일시에 덮쳐 왔다.

"이… 놈들이……!"

채채챙!

임진남은 채 말을 끝맺지도 못하고 검을 휘둘러 적룡대원의 공격을 막아야만 했다.

그렇게 예닐곱 번의 공수를 주고받을 때 첫 번째 희생자가 나왔다.

"아악!"

"종효!"

임진남 옆에 있던 무인의 팔이 잘려져 나갔다.

뒤이어 휘둘러진 검에 배가 갈라쳤고, 머리가 떨어져 나갔다.

그는 임진남의 사촌동생이었다.

어린 나이에도 무공이 뛰어나 가주의 기대를 한 몸에 받던 아이였건만 맥없이 죽어버렸다.

임진남은 눈이 뒤집혔다.

"이 새끼들이!"

치솟는 분노가 검의 위력을 증가시켰다.

치칭, 팍!

"큭!"

적룡대원이 가슴에 깊은 검상을 입고 비틀거렸다.

"죽어!"

임진남은 사정을 두지 않고 그대로 상대의 심장을 꿰뚫어 버렸다.

힘없이 무너지는 적룡대원. 하나 그것이 끝이 아니었다.

한 명을 해치우고 나자 두 명이 달려들었다.

임진남도 두 명을 상대하기엔 벅찼는지 연신 뒤로 물러났고 곧 수세에 몰렸다.

그러는 와중에도 곳곳에서 무인들의 비명 소리가 들려왔다.

상황은 인청각원들도 다르지 않았다. 아니, 오히려 더 심각했다.

그들은 근본적으로 적룡대원의 상대가 되지 못했다.

대부분의 인청각원들은 공격은 꿈도 못 꾸고 방어하기에만 급급했다.

그래도 선전하는 이들이 있었으니, 바로 이십일조원들이었다.

비록 크게 우세를 점하진 못했으나 최근에 깨달은 무리(武理) 덕분인지 금산청은 동수를 유지하고 있었고, 극마참검과 금사검법을 적절히 펼치는 위도곡 역시 크게 밀리지 않고 있었다.

반면 혁조영과 소유아는 놀랍게도 적룡대를 밀어붙이고 있었다.

혁조영은 하나의 검법을 사용하고 있었는데, 바로 북무림 회주의 성명절기라 할 수 있는 천향검법이었다.

무리는 익히 알고 있었으나 무량광신공의 부작용으로 인해 펼치지 못하던 검법.

하나 위지극으로부터 무변광신공을 배운 후부터 연마가 가능했고, 일취월장한 것이었다.

이는 비록 높은 경지에 이르렀다고는 할 수 없어도 적룡대원을 상대하기에는 남음이 있었다.

또한 간간이 뿌려대는 대라선장은 천향검법과 어울려 더욱 상대를 궁지에 몰아넣고 있었다.

소유아는 더욱 대단했다.

촤아악!

거대한 흑전태도가 적염과 청염이 반씩 섞인 검붉은 빛을 사방으로 뿌려대고 있었다.

도황의 무공인 백염도법이 사성에 이르렀다는 증거.

'어느새 유아가 저 정도 경지에?'

금산청은 적룡대원을 상대하면서도 그녀의 모습에 내심 찬탄하고 있었다.

불과 얼마 전까지만 해도 적염의 단계였거늘, 어느새 청염에 이르렀단 말인가?

이는 사실 백염도법의 특성이라 할 수 있었다.

소유아가 익히고 있는 백염도법은 강한 살기에 의해서만 본연의 모습을 드러내는 특징이 있었다.

북무림회에서 소유아는 살심을 일으킬 만한 기회가 없었으니 금산청이 아는 그녀와 지금의 그녀는 차이가 있을 수밖에 없었다.

"죽으라니까!"

쾌앙.

"큭!"

흑전태도를 겨우 막아내던 적룡대원의 검이 그대로 부러져 나갔다. 그리고 이어지는 일도에 허리가 잘려 나갔다.

적룡대원 중 두 번째 희생자.

"감히!"

임씨세가 무인을 상대하던 쥐눈의 적룡대원이 호통을 지르며 소유아를 노리고 쏘아져 왔다.

"훙!"

소유아는 코웃음을 치며 도를 쳐올렸다.

그녀는 방금 전처럼 상대의 검을 부수고자 했다. 그러나…….

캉!

"앗!"

강한 충격이 온몸을 찌르르 울렸다.

쥐눈의 사내는 이전의 적룡대원에 비해 훨씬 내력이 고강했던 것이다.

"칫!"

소유아는 이를 악물고 다시 도법을 전개했다. 그러나 녹록치 않은 상대의 실력에 점점 불리한 형세가 되었다.

'안 되는가……?'

그 광경을 지켜보던 금산청은 점점 불안해져 갔다.

지금의 상황은 언뜻 팽팽한 듯도 보이지만, 얼마 시간이 지나지 않아 자신들의 패배로 이어질 터였다.

'이대로는…….'

금산청이 안타까워하고 있을 때였다.

"음……."

미약하지만 분명한 신음 소리가 들려왔다.

"연화!"

금산청의 안색이 대변해 소리쳤다.

한쪽에서 사연화가 왼팔에 길게 검상을 입은 채 신형을 물리고 있는 모습이 눈에 들어왔다.

금산청은 한차례 검을 떨치고는 몸을 빼려 했다. 하지만 그는 뜻을 이룰 수 없었다.

"어딜!"

차차창!

눈앞의 적룡대원이 맹렬히 검을 휘둘러 압박했기 때문이다.

상대는 금산청을 놓아줄 생각이 없었다.

금산청은 마음만 급할 뿐, 사연화를 도울 수 없게 되자 금세 손발이 어지러워졌다.

"크하핫, 어디다 한눈을 파는 게냐!"

그럴수록 적룡대원의 검은 더욱 매서워졌고, 금산청은 막아내기에 급급해졌다.

'이런!'

금산청은 식은땀이 줄줄 흘렀다.

한번 내준 공세를 다시 만회하기가 힘들었다.

'연화……'

하지만 금산청은 자신보다 사연화가 더 걱정되었다.

그녀는 또다시 일검을 맞고 비틀거리며 연신 뒷걸음질치

고 있었던 것이다.

금산청은 지금 이 난관을 타개하기 위해서는 단 하나의 길밖에 없다고 생각했다.

바로 임 가주의 개입.

임 가주가 직접 나서서 돕지 않는 한 모두는 이곳에 뼈를 묻을 터였다.

그 순간,

금산청의 눈에 작은 점 하나가 들어왔다.

그 점은 빠른 속도로 커져 나갔고, 이윽고 그것의 정체를 확인할 수 있을 만큼이 되었다.

'위지극!'

아니, 정확히 말하자면 우희명과 그녀에게 업혀 있는 위지극이었다.

금산청은 기억해 냈다.

지난날 북무림회에서 위지극이 보여주었던 천지를 뒤덮을 듯한 눈부신 광채!

그의 입가에 한줄기 미소가 떠올랐다.

'잊고 있었구나… 임 가주 외에도 우리에겐 절정고수가 있다는 사실을……'

"늦겠다!"

"안 늦어."

“아악, 연화가 저…….”

“제발 좀 조용히 해! 힘들어 죽겠는데.”

위지극은 안절부절하지 못했다.

그의 눈에도 사연화가 비틀거리는 모습이 보였기 때문이다.

“안 되겠다. 던져!”

“뭐를?”

“나를 던지라고, 저기로.”

위지극은 우희명의 등을 때리면서 한 손으로는 사연화를 가리켰다.

순간 우희명의 아미가 잔뜩 찌푸려졌다.

“저 여자한테……?”

“그래그래.”

위지극은 정신없이 고개를 끄덕였다.

하지만 그가 만약 우희명의 표정을 보았다면 감히 그러지 못했을 것이다.

“흥! 좋아. 후회하지 마!”

우희명은 공력을 잔뜩 끌어올리더니 위지극의 등짝을 움켜쥐고는 사정없이 내던졌다.

후우우우웅!

‘컥!’

위지극은 숨이 턱 막혔다.

천지가 연이어 뒤바뀌며 돌아갔다.

우희명이 위지극을 내던지며 강한 회전을 주었기에 그는 허공을 빙글빙글 돌면서 날아가고 있었던 것이다.

위지극은 그 어지러운 와중에도 두 눈을 부릅뜨고는 사연화를 찾아냈다.

일촉즉발의 상황.

그녀는 이미 큰 부상을 당했는지 자신의 목숨을 노리고 날아오는 검을 보면서도 막지 못하고 있었다.

적룡대원은 막 사연화의 목숨을 취하기 직전, 자신을 향해 무서운 속도로 쏘아져 오고 있는 무언가를 발견해 냈다.

'흡!'

그는 그것의 정체를 확인할 새도 없이 급히 신형을 휘돌리며 옆으로 피했다.

쿠다다당!

"으아악!"

그와 동시에 위지극이 요란한 소리를 내며 두 사람 사이에 처박혔다.

그는 땅에 부딪치고도 이 장여를 더 미끄러지고 나서야 겨우 멈춰 섰다.

아니, 정확히 말하자면 멈춰 선 게 아니고 땅에 엎어진 채였지만.

'……'

위지극은 삭신이 쑤셔오는 것보다 부끄러움이 앞서 고개를 들지 못했다.

'개망신.'

위지극의 머릿속을 가득 메운 세 글자였다.

"뭐, 뭐야, 이 새낀."

적룡대원은 어디서 뚝 떨어졌는지 모를 위지극을 바라보며 소리쳤다.

그러나 곧 방해받았다는 것에 대한 분노가 치밀어 검을 곧추세웠다.

"그냥 죽어!"

그때였다.

"이야아아!"

괴성과 함께 위지극이 번개처럼 일어섰다.

이에 적룡대원은 자신도 모르게 흠칫 놀라 뒤로 물러섰다.

상대에게서 지금껏 느껴보지 못한 무서운 기운을 느꼈기 때문이다.

하나 위지극은 그를 보고 있지 않았다.

그의 시선은 멀찌감치 떨어져서 팔짱을 끼고 있는 우희명에게 향해 있었다.

'희명이, 너……!'

위지극은 이를 부드득 갈았다.

'두고 보자……'

“극아……..”

“괜찮아?”

위지극이 사연화에게 다가가며 조심스럽게 물었다.

“으… 응.”

사연화가 대답했지만 위지극은 곧 괜한 걸 물었다는 생각이 들었다.

괜찮을 리 없잖은가. 이렇게 잔뜩 피를 흘리고 있는데.

위지극은 주위를 세세히 둘러보기 시작했다.

대략 백여 명이 짙은 살기를 내뿜으며 병장기를 부딪치고 있었다.

이십일조원을 비롯한 인청각원들도 있었고, 연회에서 본 임도옥의 오라버니라는 자도 있었다.

하지만 모두 패색이 짙었다.

대략 이각 정도가 지나면 적룡대의 승리로 끝이 날 위험한 상황.

‘이각이라……..’

위지극의 얼굴에 한줄기 알 수 없는 미소가 피어올랐다.

第三十四章
무위를 드러낸 위지극

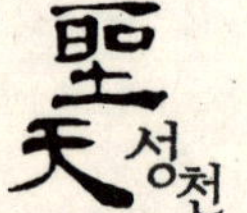

위지극의 미소를 본 적룡대원은 순간 소름이 쫘악 끼쳤다.

눈앞에 있는 소년은 일견 어리숙해 보이기 짝이 없었다.

그럼에도 본능은 그 미소 속에 깃든 무서움에 반응하고 있는 것이다.

"그럼 먼저……."

위지극의 미소가 더욱 짙어졌다.

위지극이 적룡대원을 향해 걸어갔다.

검은 여전히 허리에서 덜렁거렸고 공력을 끌어올린 것처럼 보이지도 않았다.

하지만 적룡대원의 머릿속엔 위험신호가 더욱 커져 가고

있었다.

'건방지게!'

적룡대원의 얼굴이 삽시간에 붉어졌다.

자신도 모르게 한 걸음 뒤로 물러섰기 때문이다.

수치심이 일었고, 이는 곧바로 분노로 바뀌었다.

"차앗!"

사연화를 상대하면서도 시종일관 느긋함을 유지하던 그에게서 우렁찬 기합 소리가 터져 나왔다.

쐐액!

검이 쏘아져 갔다.

그는 단 한 수에 혼신의 힘을 다했다.

왜 그랬는지는 그 자신도 알지 못했다.

수치심 때문이었는지 아니면 격분했기 때문인지.

하지만 왠지 그래야만 될 것 같았다.

파앙!

"……!"

그의 검은 헛되이 빗나갔다. 그리고 위지극의 우장이 정확히 그의 앞가슴을 가격했다.

"쿨럭!"

심장이 파열된 적룡대원은 검붉은 피를 내뿜으며 서서히 무너져 내렸다.

그때서야 그는 왜 처음부터 자신이 전력을 다한 일격을 날렸는지 알 수 있었다.

그것은 수치심도, 분노심도 아니었다.

바로 불안감 때문이었다. 일격 후에 이격은 없으리라는 불안감… 그리고 그것은 불행히도 적중했다.

'대라선장!'

사연화는 위지극의 일장을 알아보았다.

그것은 분명 혁조영의 대라선장, 아니, 북무림회주의 무공인 대라선장이었다.

'저것을 언제?'

사연화의 얼굴에 경악과 함께 강한 불신의 빛이 떠올랐다.

무공을 사용했다는 사실만으로도 놀라웠지만 그보다 더욱 놀라운 것은 방금 전의 위력이었다.

일반적인 무공이라 해도 단시간 만에는 결코 대성할 수 없다.

회주의 무공은 절기 중에서도 최상의 절기.

그런 무공을 저 정도 위력으로 펼치려면 적어도 십 년 이상은 걸릴 터였다.

그 증거로써 회주의 아들인 혁조영도 저 정도는 아니지 않은가?

하나 정작 당사자인 위지극은 아연실색하고 있는 사연화는 아랑곳하지 않고, 다른 쪽으로 터벅거리며 걸어갔다.

그가 향하는 곳에는 소유아가 쥐눈의 사내와 맞서고 있

었다.

소유아는 내력이 고강한 쥐눈의 사내와 대적하느라 이미 진력이 바닥을 드러냈는지 큼지막한 땀방울을 흘리고 있었다.

그러면서도 흑전태도는 끝까지 휘두르고 있었다.

"꽤 끈질긴 계집이구나!"

사내는 지겹다는 듯이 한 소리 하고는 싸움을 마무리 지으려는 듯 더욱 사납게 몰아쳤다.

차차차창!

소유아는 막아낸다고 흑전태도를 내쳤지만 검에 부딪치면 부딪칠수록 뒷걸음질을 치더니 결국엔 털썩하고 뒤로 넘어가 버렸다.

"앗!"

어느새 사내의 검이 그녀의 머리 위로 떨어져 내리고 있었다.

그때였다.

쥐눈의 사내가 무엇을 보았는지 대경하며 급히 검을 되돌리더니 옆을 향해 그었다.

쾅!

"윽!"

이번엔 쥐눈의 사내가 비명 소릴 냈다.

그는 휘청거리며 두어 걸음 뒤로 물러서더니 이내 자세를 바로잡고는 정면을 노려보며 소리쳤다.

"어떤 놈이……!"

그는 하려던 말을 채 마치지 못하고 두 눈을 부릅떴다.

한 소년이 미간을 찌푸린 채 손바닥을 주물럭거리고 있었기 때문이다.

'설마?'

소년은 적수공권이었다.

하면 방금 전의 일검을 맨손으로 막아냈단 말인가? 비록 불시에 펼친 일검이라 할지라도 거기에는 거석을 두 동강 낼 만큼 힘이 실려 있었는데?

뿐만 아니라 쥐눈의 사내는 뒷걸음질까지 쳤으니 놀라는 것도 무리가 아니었다.

한편, 위지극은 크게 실망하고 있었다.

대라선장을 꽤 큰마음 먹고 사용해 봤는데, 결과가 영 신통치 않았기 때문이다.

저 비실거리는 검 하나 부러뜨리지 못하다니 말이다.

'원래가 약한 무공인기? 그래도 조영이는 천하에서 몇 번째 안에 드는 장법이라고 했는데…….'

위지극은 상대가 들었으면 기절초풍할 생각을 하며 사내를 바라봤다.

"극아!"

소유아가 발딱 일어섰다.

“너!”

“잠깐만, 일단 이거부터 해결하고 나중에 말하자.”

“…….”

위지극은 시선을 돌리지 않은 채 손만 들어 소유아의 말을 잘랐다.

순간 쥐눈의 사내의 얼굴이 흑빛이 되었다.

‘뭐라? 이거?

그가 언제 물건 취급을 받은 적이 있었던가?

그는 적룡대원들 중에서도 한 개 조를 책임지는 위치에 있는 자였다.

“이 새끼가!”

참지 못한 그가 무서운 기세로 덮쳐 왔다.

붉은 경장이 거칠게 휘날렸고 그의 검이 햇살을 받아 번쩍였다.

순간 위지극의 눈에서도 사내의 검처럼 날카로운 빛이 쏟아져 나왔다.

이어 위지극의 양손이 가볍게 교차하는 듯싶더니 이내 허공을 향해 빠르게 뻗어나갔다.

콰쾅!

“카악!”

귀를 먹먹하게 하는 굉음과 뒤이은 거친 비명.

자욱한 흙먼지가 일어 어떤 상황인지 자세히 보이진 않았지만, 비명 소리의 주인이 누구인지 소유아는 알 수 있었다.

자신을 그토록 압박하던 쥐눈의 사내, 그의 목소리였다.

이윽고 먼지가 걷히자 쥐눈의 사내가 땅바닥에 쓰러져 있는 모습이 드러났다.

그는 두 눈을 부릅뜨고 있었는데, 한 손에는 부러진 검을 들고 가슴이 깊이 함몰된 채 죽어 있었다.

그의 표정은 죽는 순간까지도 자신의 패배를 믿지 못하는 듯했다.

위지극은 천천히 쌍수를 거두었다.

상대를 해치우고 나자 비로소 얼굴이 펴졌다.

'역시 한 손보다는 두 손이 더 낫다는 옛말이 틀린 게 없군.'

그는 두 손을 탁탁 털더니 갑자기 뛰기 시작했다.

예상보다 한 명을 해치우는 데 시간이 꽤 걸렸다.

이대로 흘러간다면 이각 동안 이곳을 정리하는 게 불가능할지도 몰랐다.

그때부터 장내의 상황이 돌변했다.

퍼퍼퍼펑!

거친 장력의 소용돌이가 사위를 헤집었으며, 그때마다 적룡대원이 한 명씩 쓰러졌다.

위지극은 닥치는 대로 대라선장을 펼치고 있었다.

검이 찔러와도 대라선장. 도가 날아와도 대라선장. 오로지 그것만을 익힌 사람처럼 쌍수를 휘저었다.

그럼에도 그 누구도 그의 일장을 버텨내지 못했다.

"크악!"

"컥!"

어떤 적룡대원은 가슴이 터져 죽었고, 또 다른 적룡대원은 머리가 부서져 죽었다.

그는 정정당당하게 앞에서만 공격하지 않았다.

등을 보이고 있으면 등을 가격했으며, 옆구리에 빈틈이 있으면 그곳을 후려쳤다.

정정당당이니 그런 것보다 최대한 단시간 안에 끝내려는 의도가 다분했다.

어느 순간 자신이 상대하던 적이 죽어버린 인청각원들과 임씨세가 무인들은 그 광경을 멍하니 지켜보고 있었다.

버티는 것만으로도 죽을 고생을 시키던 적룡대원들이 수수깡처럼 쓰러져 가는 모습이 어딘지 비현실적으로 보였다.

'저게……'

'저 아이는……'

상대를 잃어버린 자 중에는 임진남도 있었다.

그를 압박하던 적룡대원 중 하나는 미처 눈치챌 사이도 없이 날아든 장력에 허리가 꺾어 죽었고, 뒤늦게 동료의 죽음을 깨달은 또 다른 자는 헛되이 칼질 한 번 하고는 그대로 머리가 터져 나갔다.

‘위지극이라고 했던가?’

임진남은 위지극의 이름을 기억해 내는 데 오래 걸리지 않았다.

동생과 그렇게 큰 소란이 있었으니, 이는 어렵지 않은 일이었다.

하지만 그렇다고 해서 위지극의 놀라운 무위가 이해되는 것은 아니었다.

‘인청각원이라 했는데 어찌 저럴 수 있는 것이지?’

인청각원이라면 기껏해야 조천각 무인과 비슷해야 정상이었다.

한데 저건 뭔가? 비슷한 게 아니라 자신보다 두어 단계는 윗길에 있는 고수이지 않은가?

임진남은 적오대원 사이를 누비던 부친의 모습과 위지극이 겹쳐 보였다.

하면, 설마하니 저 소년의 무위가 육대세가의 가주에 버금간다는 말인가?

임진남은 자신이 생각한 것이었지만 이내 실소했다.

그는 고개를 설레설레 저었다.

‘말이 안 되지, 말이. 저 나이에 그토록 뛰어난 고수가 있다는 말은 들어본 적이 없다. 그리고 불가능해. 그게 가능하다면 그건……!’

그때 임진남의 머릿속에 무언가가 퍼뜩 떠올랐다.

연회에서 보여주었던 부친의 이해 못할 행동.

부친은 항시 자존심이 강하고 체면을 중시했다. 그런 부친이 한낱 인청각원을 대하는 것치고는 너무 과례했다.

당시 부친에게 직접 물어보았으나 아무런 대답도 듣지 못했다.

그때는 크게 생각지 않았으나, 돌이켜 생각해 보면 그것은 부친이 함부로 발설하기 어려울 정도의 비밀이 있다는 것과 다름없지 않은가?

당금 강호에 있어 그런 비밀은 단 하나였다.

바로 성천자.

비록 위지극의 외모가 소문의 그것과는 달랐지만, 그 외에 무엇이 있겠는가?

그제야 의문이 하나씩 풀려갔다.

동생을 다른 가솔들처럼 멀리 피난시키는 것이 아닌, 인청각원들과 함께 한 것도. 그리고 연회에서 저 아이, 위지극 앞에서 도옥이가 죽는 일이 없게 해달라는 억지 약조를 강요한 것도.

이 모든 게 오직 위지극이 성천자여야만 가능한 일이었다.

위지극의 정체를 대략 짐작하게 되자 그는 조금이나마 안심이 되었다.

젊은 나이게 높은 성취를 이룬 것이 무인으로서 부럽기도 했지만 그건 문제가 아니었다.

지금은 가문의 안위가 더 중요했다.

비록 부친이 적 수뇌에 비해 우세를 점하고 있다고는 하지만 만약이라는 게 있었기 때문이다.

적 수뇌가 싸움에서 이긴다면, 그때는 전멸이나 다름없었다.

임진남이 나름 생각하는 사이 위지극은 대부분의 적룡대원을 해치우고 지금은 네 명의 무인과 겨루고 있었다.

느닷없이 나타난 위지극에게 대부분의 적룡대원이 힘없이 무너지자 결국 합공을 시작한 것이다.

쉭, 샤악!

매서운 바람이 허공을 어지럽혔다.

네 명의 적룡대원은 각기 다른 병기를 사용하고 있었다.

검과 도, 그리고 편과 가느다란 은사가 그것이었다.

도와 검을 쓰는 자는 비스듬한 정면에서 맹렬히 병기를 휘둘러 댔고, 은사와 편을 쓰는 자는 뒤쪽에서 틈만 나면 치고 들어왔다.

위지극도 지금만큼은 신중한 표정이었나.

검과 도는 많이 겪어본데다 내현지성의 가르침이 있었으니 충분히 대응할 수 있었지만, 편과 은사는 처음이었고 내현지성의 도움도 없었다.

아무래도 기문병기는 특별한 게 없다 생각해서 무혼이 심결에 새겨 넣지 않았음에 분명했다.

게다가 상대하고 있는 네 명은 지금까지의 적룡대원에 비해 실력도 출중했다.

위지극은 모르고 있었지만, 이들 네 명이 모두 아홉 명의 적룡대원을 이끄는 부대주들이었기 때문이다.

적룡대는 이번 싸움에 모두 여섯 개의 조를 투입했다. 이 중 한 명은 임씨세가의 원로인 임요평과 동사(同死)했고, 또 다른 한 명은 소유아를 상대하던 쥐눈의 사내였다.

그렇게 죽은 두 명의 부대주를 제외한 네 명의 합공이었으니 가히 그 위력은 대단할 수밖에 없었다.

쉬앙!

위지극의 강맹한 장력이 헛되이 허공을 훑었다.

검을 든 자를 노렸으나, 그는 장력의 위력을 익히 보았기에 정면으로 맞받지 않고 신법으로 피해냈다.

그가 피하자마자 측면에서 도가 날아들었다.

'칫!'

위지극은 길게 옆으로 물러나며 도면을 치려 했으나 이 또한 뒤에서 독사처럼 후려쳐 오는 편에 의해 가로막혀 연거푸 옆걸음질을 칠 수밖에 없었다.

촤악!

하지만 그가 피하는 방향으로 어느새 날아온 은사가 팔뚝을 훑고 지나갔다.

옷이 찢기고 피가 베어 나왔다.

'저 빌어먹을 실이!'

은사는 잘 보이지도 않을뿐더러 소리도 가늘어 파악하기가 여간 까다로운 게 아니었다.

하나 위지극의 위험은 그게 끝이 아니었다.

첫 번째로 노렸던 검을 든 자가 다시 공격해 왔기 때문이다.

'아, 정말!'

위지극은 욕지기가 치밀었으나 어쩔 수 없이 또다시 피할 수밖에 없었다.

쉴 새 없이 돌아가는 다섯 명의 신형.

기합 소리와 호통 소리가 연이어 터져 나왔고, 병기가 만들어내는 허공을 찢는 소리는 귀를 먹먹하게 만들었다.

"……."

한편, 중인들은 그 광경을 망연히 지켜보고만 있었다.

위지극 덕분에 몇 명 남지 않은 적룡대원들은 모두 죽임을 당했고, 장내는 어느 정도 정리가 된 상태였다.

이제 남은 싸움은 단둘, 임가육과 위지극뿐이었다.

그들은 감히 위지극의 격전에 끼어들 엄두를 내지 못했다.

이미 한번 절정고수들의 싸움에 섣불리 관여하면 어떤 꼴이 되는지 똑똑히 보았기 때문이다.

'말도 안 돼. 어떻게 저럴 수가…….'

그중에서도 특히 위지극의 싸움을 망연자실한 표정으로 지켜보는 이가 있었다.

바로 임도옥. 그녀는 위지극보다 조금 늦게 도착했지만, 그가 적룡대원들을 일장에 쳐 죽이는 모습을 보았다.

가문의 자랑이라는 조천각 무인들이 쩔쩔매고 있던 그 적룡대원을 말이다.

그녀는 그제야 위지극이 자신으로서는 측량할 수 없는 고수라는 사실을 깨달았다.

잘은 모르겠지만, 저 정도라면 구파일방의 장로 수준은 되지 않을까 했다.

만약 그렇다면 위지극을 없애려 화자개와 공들여 세운 계획은 어찌 되는가?

어림없었다.

단순히 일개 인청각원일 때를 염두하고 짠 계획으로는 지금의 위지극을 곤란하게 만들 수 없었다.

'그렇지만……'

위지극을 바라보는 임도옥의 눈빛이 미묘하게 달라져 있었다.

그녀 자신도 깨닫지 못할 정도의 변화.

그것은 일종의 동경심과도 같은 것이었다.

질시나 질투도 어느 정도 동등한 위치일 때나 가능한 것. 위지극은 그것을 뛰어넘는 존재였던 것이다.

그렇다고 그녀의 복수심이 완전히 사라진 것은 아니었지만, 그 어떤 변화가 생겼음엔 분명했다.

'도저히 성질나서 못해먹겠다!'
수세에 몰린 위지극은 대라선장만으로 끝장을 보려던 생각을 결국 바꾸었다.
이들 네 명은 익숙하지 않은 대라선장만으로 상대할 만큼 만만치 않았다.
"너!"
위지극은 갑자기 도를 든 자를 상대하다 말고 신형을 돌려 세우더니 은사를 사용하는 적룡대원을 손가락질했다. 그러면서 다른 한 손으로는 검파를 움켜잡았다.
"네가 제일 짜증나!"
그자는 순간 멈칫했으나, 이내 크게 호통을 치며 은사를 던져 냈다.
"헛소리 마라!"
그의 분노를 대변하듯 은사는 냉렬한 속도로 허공을 헤집으며 쇄도해 들었다.
"헛소리는 무슨!"
드디어 위지극의 검이 뽑혀져 나왔다.
우웅!
천지를 진동시키는 웅혼한 음향이 검을 통해 뻗어나갔다.

이에 강한 진기를 싣고 날아가던 은사가 잠시 멈추는 듯하더니 이내 힘없는 지푸라기처럼 갈 곳을 잃고 펄럭였다. 하나 그것도 잠시.

파파파팟!

곧 가닥가닥 끊어지더니 그대로 허공에서 사라져 버렸다.

뒤이어 노도처럼 밀려오는 검풍!

그는 대경실색하여 급히 피하려 했으나 이미 늦고 말았다.

쾅!

도저히 사람의 육신에서 나는 소리라고는 믿을 수 없는 굉음과 함께 그의 몸이 조각조각 터져 나갔다.

우우웅!

다시 위지극의 검이 울었다.

남은 세 명은 미처 정신을 가다듬기도 전에 위지극의 이어지는 일격을 막아야만 했다.

"차앗!"

검을 든 자가 마주쳐 갔다. 그의 검은 위지극에 비해 훨씬 빨라 보였다. 그러나…….

쾅!

그의 처지도 은사를 쓰던 자와 별반 다르지 않았다. 아니, 오히려 더욱 처참했는데, 그는 자신의 부서진 검편을 온몸으로 받아내야만 했기 때문이다.

퍼퍼퍼퍽!

“크흡!”

그의 전신에 작은 구멍들이 무수하게 뚫리며 피가 흘러나왔다.

그러고도 검편은 진력이 남아 이십여 장을 더 날아가 담벼락에 틀어박혔다.

“미친!”

도를 든 자의 입에서 갑자기 욕지기가 튀어나왔다.

어쩌면 그로서는 당연할지도 몰랐다.

부대주 둘이라면 강호의 명숙이라 할지라도 능히 상대할 수 있을 정도다.

그런데 명숙은커녕 스물도 채 안 된 애송이의 일검도 버티지 못하고 두 명이나 죽어버렸다.

“어? 욕을 해?”

위지극의 시선이 그에게 잠시 고정되는가 싶더니 곧바로 검이 움직였다.

“좋다! 오거라!”

그도 지지 않겠나는 듯 소리치고는 허공으로 노약하너니 그대로 떨어져 내리며 도를 그어 내렸다.

위지극은 수평으로 검을 그으려다 이를 보고는 비스듬히 쳐올렸다.

바로 그때였다.

촤아아!

비어 있는 위지극의 옆구리를 노리고 편이 쏘아져 왔다.

그러나 위지극은 이를 아는지 모르는지 그대로 초식을 전개했다.

스스스슷!

묘한 음향이 일며 크게 공기가 울렁거렸다. 그러자 놀라운 일이 벌어졌다.

허공에 있던 자가 마치 거대한 압력을 받기나 한 듯, 번개 같은 속도로 떨어져 내리는 게 아닌가? 그리고…….

뚜둑.

평생을 자랑으로 여기던 도를 채 휘둘러 보기도 전에 목이 부러져 즉사하고 말았다.

그뿐만이 아니었다.

위지극을 향하던 편도 천길 폭포수를 만난 것처럼 땅속으로 뚫고 들어가 버렸다.

"헛!"

그는 편을 급히 회수하려 했으나, 아직도 여력이 남아 있음인지 땅에 박힌 채 꿈쩍도 하지 않았다.

쾅!

그리고 고수란 사실이 무색할 만큼 어정쩡한 자세로 위지극의 일장에 머리가 달아나고야 말았다.

"후우."

위지극은 손을 거두고는 나직하게 숨을 내쉬었다.

두 번의 금고진천과 한 번의 우극탄천, 그리고 대라선장을 연이어 펼쳤음에도 몸에는 아무런 이상이 없었다.

아니, 오히려 더욱 진기가 용솟음쳤다.

'수련은 헛되지 않았어.'

그의 입가에 알 듯 모를 듯한 미소가 떠올랐다.

중인들은 모두 얼이 빠진 표정들이었다.

무시무시한 실력을 지니고 있던 적룡대 부대주 네 명이 위지극이 검을 빼 든 지 촌각도 지나기 전에 검하고혼이 되고 말았다.

위지극은 이제 하나 남은 싸움, 임가육과 쾌검을 구사하는 정체 모를 남자에게 슬쩍 눈길을 주다가 금산청에게 다가왔다.

"늦어서 죄송해요."

"아니야. 제때 와주었다."

금산청은 남몰래 안도의 가슴을 쓸어내렸다.

위지극이 나타나지 않았다면 지금 목숨을 부지하고 있을 사람이 몇이나 되었을지 아무도 모를 일이었다.

"그런데 왜 저분 혼자서……?"

위지극이 덧붙인 말에 임진남이 뭔가를 깨달은 듯 안색이 돌변했다.

왜 가주 혼자 싸우고 있는가? 대청에 있던 원로들은 무엇을 하고 있기에.

‘설마!’

그는 번개처럼 대청을 향해 뛰어갔다.

그리고 잠시 후 돌아온 그는 더없이 침통한 표정이었다.

‘모두… 모두…….’

임진남이 본 것은 추사력에 당해 참혹한 모습으로 죽어 있는 원로들이었다.

“왜 그러십니까?”

임씨세가 무인이 물었으나 그는 고개를 젓고는 인청각원들에게 포권을 취했다.

“본 가를 도와주어서 고맙소.”

“아닙니다. 마땅히 해야 할 일이었습니다. 그리고 아직…….”

금산청은 마주 포권을 취하면서 임 가주를 바라봤다.

“부친께서는 지지 않을 것이오.”

임진남은 임가육을 깊이 침잠된 눈빛으로 응시하며 대답했다.

이제 임씨세가에 남은 절정고수는 임가육밖에 남지 않았다. 물론 폐관수련 중인 전대 가주가 있긴 하지만 말이다.

그러나… 이 싸움을 승리로 마친다 해도 임씨세가는 절대적인 타격을 입었다.

수십이 넘는 원로가 목숨을 잃은 것은 그 무엇으로도 보상받을 수 없는 것이었다.

‘끝이구나.’

일대일로만 승부를 겨루는 싸움이었으면 절대 지지 않을 자신이 있었건만, 결과는 참담했다.

이는 어쩌면 그동안 강호가 너무나 평화로웠기에 빚어진 실책이라고도 할 수 있었다.

안이한 마음자세. 그것이 결정적인 패인이었다.

위지극이 잠시 지켜보다 조심스럽게 입을 열었다.

“피해가 크군요. 되도록 빨리 수습하는 편이 낫지 않을까요?”

위지극은 말을 돌려서 했지만, 그의 말에는 임가육을 도와주자는 뜻이 숨어 있었다.

이를 모를 임진남이 아니었다.

“소협의 말씀은 고맙소만, 부친께서는 도움을 원치 않을 것이오.”

금산청은 답답했다.

지금 이 지경이 되어서도 저런 말을 하다니.

모두가 보았듯이 다른 사람은 불가능할지라도 위지극만은 임 가주를 도울 수 있는 능력이 있었다.

그런 그의 도움을 저리 가볍게 내치는 것은 금산청으로서도 이해하지 못할 일이었다.

“그렇군요.”

위지극은 더 이상 권유하지 않고 조용히 두 사람의 싸움을 관전하기 시작했다.

　'이놈!'

　임가육은 가슴이 무언가에 콱 막힌 듯 답답했다.

　비록 약간의 우세는 점하고 있었으나 상대는 적존교의 교주도 아니었다.

　그런 자에게 벌써 삼백 초 이상을 사용했다.

　그로서는 자존심이 상할 수밖에 없었다.

　게다가 예기치 못한 도움을 받기는 했으나 북무림회에 속한 인청각원들이 보고 있으니 단번에 승부를 결정내야만 했다.

　그래야만 겨우 가문의 위신을 세울 수 있을 터였다.

　'이런 놈에게 사용해야 하다니!'

　임가육은 그제야 마음의 결정을 내렸다.

　자신의 최고 절초, 아니, 용사구하검법의 최절초인 망사불악(網絲拂惡)을 펼치기로.

　임가육의 검이 어느 한순간 하늘로 곧게 솟구쳤다.

　그러자 팍! 하는 소리와 함께 지금까지와는 비교도 할 수 없을 만큼 진한 매화향이 뿜어져 나왔고, 그와 동시에 그의 검이 아홉 개로 변해 떨어져 내렸다.

　그야말로 망사와 같은 일초!

　그 순간이었다, 노종악의 눈이 번갯불처럼 번뜩인 것은.

그는 지금까지 철저히 방어 위주로 검을 전개하던 것을 바꿔 떨어져 내리는 두 번째 검을 향해 갑자기 기묘한 각도로 찔러 나갔다.

쐐액! 창! 퍽!

기묘한 음향과 함께 강한 진동이 사위를 휘저었다. 그리고…….

"크으으음……."

임가욱의 신형이 한차례 휘청거리는 게 보였다.

어느새 그의 가슴엔 커다란 구멍이 뚫려 있었고, 피가 하염없이 흘러내리고 있었다.

"아버님!"

"아버지!"

임진남과 임도옥이 동시에 소리쳤다.

"오지 마라!"

달려가려던 두 사람은 임가욱의 호통에 움찔하여 멈춰 섰다.

"절대 다가오지 말거라."

임가욱은 가슴이 뚫리는 부상을 입었음에도 그의 음성엔 한 치의 흐트러짐이 없었다.

이를 보아 그가 얼마나 심후한 공력의 소유자인지를 능히 짐작할 수 있었다.

그는 검을 거두고 있는 노종악을 뚫어져라 쳐다보더니 짤막하게 물었다.

"어떻게 알고 있었느냐?"

"이제 곧 죽을 몸. 모르는 게 나을 거요."

임가육의 눈가가 심하게 씰룩였다.

망사불악은 최절초이니만큼 남이 보는 앞에서 사용한 적이 없었다.

그런데 어떻게 제이검에 있는 미세한 약점을 알고 찔러왔는가?

단언컨대, 상대는 망사불악이 펼쳐지는 순간 파악한 것이 아니었다. 펼치기 전부터 알고 있던 게 분명했다.

가문의 비전절기를 어떻게 적존교의 무리가 알고 있을까?

'……!'

그 순간 임가육의 머릿속에 불현듯 스쳐 가는 것이 있었다.

'그 비급이?'

임진남이 가져온 비급. 매하단신공의 약점을 보완한 정체 모를 비급이 떠올랐다.

비록 그것에 용사구하검법에 대한 내용은 없었지만, 만약 그 비급처럼 용사구하검법의 약점을 보완한 또 다른 비급이 적존교의 손에 넘어갔다면 이자가 알고 있다는 사실이 설명이 됐다.

'하필이면……'

통탄스런 일이었다.

어찌 그 비전절기가 임씨세가가 아닌 적존교의 손에 흘러 갔는가. 만약 임씨세가가 먼저 입수했다면 지금보다 더욱 강해질 수 있는 기회였는데 말이다.

임가육의 생각을 읽었음인가, 노종악이 입을 열었다.

"그대는 죽는 순간까지도 헛된 망상을 하고 있군."

"무엇이……!"

임가육은 그의 다음 말을 기다렸으나, 노종악은 그 이후로 굳게 입을 다물었다.

그러나 노종악은 내심 한 사람에 대한 두려움이 솟아오르고 있었다.

'그대는… 그대는 정녕 무서운 사람이구려.'

임가육은 불안한 뭔가가 엄습해 왔다. 노종악의 일언 속에는 자신이 결코 예측할 수 없는 무언가가 숨어 있는 듯했기 때문이다.

"쿨럭쿨럭."

임가육이 가슴을 움켜쥐었다.

이제 생명이 얼마 남지 않았다. 더 이상 생각하는 것조차 힘에 부쳤다.

그는 걱정스런 표정으로 자신을 쳐다보고 있는 임진남과 임도옥을 천천히 쓸어보다가 위지극에게서 시선을 멈췄다.

"자네… 남아의 일언은 천금보다 중하다네. 그렇지 않은 가?"

위지극은 그가 말하고자 하는 바를 짐작하고는 고개를 끄덕였다.

"그렇습니다."

위지극의 대답을 들은 임가육의 입가에 희미한 미소가 떠올랐다.

그것은 안도감이었다.

자신이 죽더라도 자식들만은 무사할 것이라는 데에서 오는 안도감.

그의 눈이 한순간 무섭게 빛났다.

"내가 비록 오늘 패하기는 했지만, 이것이 결코 본 가가 무너진 것을 뜻하지는 않는다. 알겠느냐?"

임가육은 노종악을 보며 카랑카랑한 음성으로 소리쳤지만, 이는 노종악에게 하는 말이 아니었다.

임진남과 임도옥, 그리고 남은 임씨세가 무인들이 엄숙히 포권을 취하며 허리를 숙였다.

그들의 어깨가 확연히 떨리는 것이 얼마만큼 격동을 참고 있는지를 보여주고 있었다.

"좋다, 좋아. 하하하핫."

임가육은 만족스러운 듯 천지를 쩌렁거리며 울리는 대소를 터뜨렸다. 그리고… 천천히 무너져 내렸다.

"……."

노종악은 임가육의 시신을 내려다보다 고개를 들어 위지

극을 바라봤다.

위지극은 그의 눈길을 피하지 않았다.

좋은 감정을 품고 있던 임가육은 아니었지만, 그가 죽으면서 한 말, 그의 유지만큼은 지켜주고 싶었다.

비록 그것이 억지 약조라 해도 말이다.

'당신의 후인들은 무사할 겁니다.'

노종악이 검을 늘어뜨린 채 위지극에게 다가왔다.

"이들 중 네가 가장 고수로 보이는구나."

"자신의 눈을 믿으시오?"

"언제나 그래왔다."

"그렇다면 자신있다는 말씀이로군. 그렇게 무방비로 다가오니 말이오."

노종악은 걸음을 멈췄다.

그리고 위지극의 전신에서 풍겨 나오는 기운을 느끼고는 나직이 입을 열었다.

"수하들을 상대하는 것을 보았다."

"대단하시오. 가수를 상대하면서도 그럴 겨를이 있었다니."

그 말에 기분이 상했던 것일까? 노종악의 한쪽 뺨이 미세하게 꿈틀거렸다.

"어리석은 무공을 익혔더구나. 너의 공력⋯⋯."

"선천진기 말이오?"

갑작스런 위지극의 대답에 노종악의 눈에는 가벼운 이채가 서렸다.

"알면서도 그런 짓을 하다니, 생각보다 훨씬 어리석어. 너는 내 수하들을 상대하면서 이미 많은 것을 보여주었고, 그것으로 너는 끝난 것이나 다름없다."

그의 말은 타당했다.

선천진기를 뽑아 쓴 이상, 진력은 곧 바닥을 드러낼 것이었다. 이어지는 것은 죽음뿐.

노종악은 위지극이 목숨을 담보로 자신들의 수하를 꺾은 것이라 믿어 의심치 않았다.

"당신의 눈은 틀린 적이 없소?"

"없다."

단호한 노종악의 말에 위지극의 입가에 가벼운 미소가 걸렸다.

"이번엔 다를 것이오."

"마음대로 지껄이거라."

노종악의 표정이 굳어지더니 비스듬히 검을 치켜들었다. 더 이상 대화는 필요없다는 뜻이었다.

하지만 위지극은 검을 뽑지 않았다.

변한 것이라고는 오직 노종악에게서 시선을 떼지 않은 채 검파에 가볍게 손을 올려놓았다는 것뿐이었다.

오히려 주변에 있던 사람들이 서둘러 뒤로 물러섰다.

임진남은 위지극의 행동을 이해할 수 없었다.

적의 쾌검은 부친조차 막기 힘들 정도로 강력한 것이었다. 그런 쾌검을 상대하려면 단 하나, 선공밖엔 없었다.

한데도 위지극의 태도는 후공을 선택하려는 듯 보였으니 말이다.

한편, 노종악은 더 이상 위지극의 도발에 신경 쓰지 않기로 했다.

그는 자신의 검법에 충실하면 됐다. 그리고 그의 쾌검은 단 한 번도 실망시킨 적이 없었다.

팟!

공기가 터져 나오는 음향과 함께 비스듬히 들려 있던 노종악의 검이 꿈틀했고, 눈 깜빡할 새에 위지극의 코앞까지 치달아 있었다.

"앗!"

누구의 비명 소리인지 모를 경악성이 튀어나왔다. 그와 동시에,

번쩍!

눈을 뜨지 못할 정도로 강력한 광채가 발하더니 쾅! 하는 소리와 함께 위지극을 중심으로 자욱한 흙먼지가 퍼져 나갔다.

"웃!"

중인들의 옷이 찢어질듯 휘날렸다.

강맹한 진기가 실린 웅혼한 파동에 뒷걸음질치는 이들이 속출했다.

"뭐, 뭐야?"

"어떻게 된……."

그들은 급히 정신을 차리고 정면을 바라보았다. 그러나 광채 때문인지 일시지간 시력을 잃어버려 앞이 잘 보이지 않았다.

한참 만에야 먼지가 걷히고 시력을 되찾은 그들은 마주 서 있는 두 사람을 볼 수 있었다.

"저……!"

누군가가 놀라 소리치며 노종악을 손가락질했다.

노종악은 꼿꼿이 서 있었다.

하지만 그의 아랫배, 거기엔 임가육이 입은 상처보다 배나 커다란 구멍이 뚫려 있었다.

노종악은 자신의 아랫배를 물끄러미 쳐다보다 고개를 들었다.

그는 예의 무심한 표정이었으나, 거기엔 이루 형용할 수 없을 만큼 복잡한 심경이 담겨 있었다.

"이게 무엇이냐?"

"일첨광섬(一尖光閃)."

위지극이 검파에서 천천히 손을 떼며 대답했다.

그의 검은 여전히 검집에 들어 있어, 과연 그가 어떤 검법을 펼쳤는지, 아니, 과연 검을 뽑기나 한 것인지 아무도 알 수 없었다.

"일첨광섬이라… 천의무봉의 쾌검이로군."

"고맙소."

오로지 쾌검만을 익혀온 노종악. 죽기 전 자신이 목표로 했던 최고의 쾌검식을 보았기 때문일까? 그의 얼굴에 얼핏 미소가 스쳐 갔다.

'어쩌면 그대의 대계에 차질이 있을지 모르겠구려……'

그 생각을 마지막으로 노종악은 숨을 거두었다.

第三十五章
무당의 변고

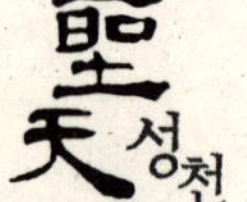

위지극은 노종악에게 다가갔다. 노종악은 죽으면서도 자신의 검을 움켜쥐고 있는 상태였다.

위지극이 허리를 굽혀 검을 빼내려 하자 금산청이 나서서 말렸다.

"그대로 놔두는 게 어떨까?"

적이기는 했지만 이미 죽은 자의 애병을 빼앗는 게 예의가 아닌 듯해서였다.

"저도 그러려고 했는데, 아무래도 돌려주는 게 나을 듯해서요."

"돌려주다니? 누구에게?"

위지극은 빙긋 웃더니, 검을 등 뒤로 돌리며 허리를 젖혔
다.

"저들에게요."

팟!

위지극의 손을 떠난 검은 연무장과 대청을 지나 허공으로
치솟더니 백여 장이 훨씬 넘게 떨어져 있는 높다란 건물의 지
붕을 향해 날아갔다.

금산청은 혹시나 싶어 시력을 돋우어 보았으나 워낙 멀리
떨어져 있는지라 잘 보이지 않았다.

"저곳에 누군가가 있었어?"

"있었죠. 그런데 지금은 모르겠네요."

"……."

"허허, 이거야 원. 예상외의 결말이로군."

위지극의 방향에서는 보이지 않는 반대편 지붕 위에서 검
은 장포에 옥잠으로 머리를 틀어 올린 노인이 고개를 저으며
중얼거렸다.

한데 그의 손에는 노종악의 검이 들려 있었다.

"겁이 없는 아이군요."

그의 옆에 있던 또 다른 사람이 입을 열었다. 그는 도저히
옷이라 보아줄 수 없는 치렁치렁한 넝마를 걸치고 있었는데,
목소리에는 은은한 노기가 담겨 있었다.

“실력을 보아하니 겁이 없을 만하구만.”

흑포노인이 대수롭지 않게 대답했으나 또 다른 인물은 심히 언짢은 듯 말했다.

“지난번에 보았을 때도 그러더군요.”

“자넨 만난 적이 있나보이?”

“인연이 있었는지…….”

고개를 주억거리는 그는 다름 아닌 약왕전주 학지명이었다.

흑포노인은 학지명의 다음 말을 기다렸으나 그가 입을 꾹 다물고 있자 안타깝다는 듯이 혀를 찼다.

“쯧쯧, 적룡대의 퇴로를 뚫어주러 기껏 예까지 왔건만 헛수고한 셈이로군. 교주가 실망하겠어.”

그들의 계획대로라면 최소한 적룡대와 적룡대주는 살아남았어야 했다.

한데 한 명도 남지 않고 모두 죽어버렸으니, 그가 할 일이 없어져 버린 것이다.

“하면 그냥 가시겠습니까?”

학지명의 말에 흑포노인은 사뭇 진지한 표정을 짓더니 고개를 저었다.

“이대로 가면 섭섭하지. 내가 왔다는 흔적은 남겨줘야 하지 않겠나?”

“하면 저 아이를?”

하나 흑포노인은 이번에도 고개를 저었다.

"어린아이 하나 잡는다고 어디 흔적이라 할 수 있겠는가? 저길 보게. 마침 적당한 이들이 들어오고 있다네."

학지명이 돌아보니 과연 그의 말대로 일단의 무리들이 연무장으로 들어서고 있었다.

"흐으음."

"어찌 이런 일이……."

새로이 나타난 사람들은 장내의 처참한 참상을 바라보며 나직이 탄식했다.

그들은 모두 나이가 지긋해 보였으며, 내기가 깊이 갈무리된 것으로 보아 절정에 이른 고수임에 분명했다.

'저분들은……'

금산청은 대번에 이들의 정체를 알 수 있었다. 그들은 바로 화산파와 종남파의 고수들이었다.

'왜 이제야… 아니, 그보다 어떻게 여길……'

금산청이 의아해하고 있을 때였다.

또 다른 무리가 장내에 들어서기 시작했고, 그들 중 한 사람을 알아본 금산청이 깜짝 놀라 달려갔다.

"방 군사님!"

"자네로군."

방사담은 주위를 둘러보더니 낯빛이 어두워졌다.

'임 가주마저 당했는가…….'

임가육의 시신을 접한 방사담은 참담한 심정이었다.

임씨세가는 최고 수뇌 회의에서 북무림회의 도움을 완강히 거부했다.

강호의 위험을 생각한다면 반드시 힘을 뭉쳐야만 했으나, 임씨세가의 반대를 무시하고 밀어붙일 수는 없는 노릇이었다. 해서 인청각 오 개 조만 보낸 것이다.

그러나 북무림회로서는 적이 모습을 드러내는 이번 기회를 결코 놓칠 수 없었다.

해서 방사담과 북무림회주 혁우상은 다른 계획을 세웠다.

그것은 바로 퇴로 차단.

임씨세가가 승리를 하면 다행이나 만에 하나 적존교가 승리를 한다면 그들의 퇴로를 막아 일망타진한다는 계획이었다.

이를 위해 방사담은 비밀리에 화산파와 종남파의 협조를 구했고, 북무림회에서도 세 개 지단과 본단의 광해원 일부가 나섰다.

그렇게 적당한 때를 살피던 중, 임씨세가에서 불길이 일었다는 보고가 들어왔다.

방사담은 이에 급히 종남과 화산의 장로에게 의견을 구했다.

임씨세가에서의 격전이 끝난 뒤 손을 쓰는 것이 원래의 계획이었으나, 그전에 각파의 중지도 모아야 했기 때문이다.

아니나 다를까, 두 파의 장로들은 당장 임씨세가를 도와야 한다고 했다.

후에 임씨세가로부터 책망을 듣더라도 일단은 먼저 돕는 것이 강호의 도의였기 때문이다.

방사담은 고민 끝에 이에 따르기로 했다. 사실 이미 변고는 일어났다. 만약 임씨세가가 우세를 점하고 있다면 세가 내에 불길이 일어나지도 않았으리라.

그래서 애초의 의도와는 달리 서둘러 세가에 들어섰는데, 그럼에도 모든 것은 끝나 있었다. 다만 한 가지 궁금한 것은……

"이게 대체 어찌 된 일인가? 그들은 어디로 사라졌나?"

이에 금산청은 자신이 아는 한 자초지종을 설명했다. 그리고 미흡한 점은 세가의 무인들에게 시신을 수습하라 명한 후 임진남이 부연하였다.

두 사람의 설명을 듣고 나서야 방사담은 어느 정도 상황을 납득할 수 있었다.

결국 위지극이 나선 것이 주효했다.

그랬기에 임가육이 목숨을 잃었어도 이들이 살아남을 수 있었던 것이다.

'그나저나 앞으로가 문제로군.'

비록 몇몇 무인들이 남았다고는 하나 강호의 명문세가 중 하나인 임씨세가가 무너졌다.

이번 사태가 몰고 올 파장은 결코 작지 않았다.

강호인들은 의심할 것이다.

육대세가가 무너졌으니 구대문파라고 버틸 수 있으랴.

그렇게 강호인들 사이에 불안감은 팽배해지고, 그럴수록 적존교는 힘을 얻게 될 터였다.

쏴아아아아.

방사담이 앞으로의 대책에 대해 고심할 때였다. 어디선가 귀를 간질이는 미풍이 불어왔다. 그리고…….

털썩. 털썩.

뒤에 있던 수십 명의 북무림회 무인들이 짚단처럼 쓰러졌다.

주위에 있던 무인들이 놀라 달려와 쓰러진 자를 흔들었다. 하지만 그들은 꼼짝도 하지 않았다.

"대체 무슨 일인가?"

급작스런 변고에 상념에서 깨어난 방사담이 물었다.

"모르겠습니다. 갑자기 쓰러져서는……."

"일단 모두 물러서게."

그는 혹시나 몰라 급히 주위의 사람을 물리고는 직접 다가가 주의 깊게 살폈다.

그들은 겉으로 아무런 이상이 없어 보였다. 눈도 깜빡이고 있었고, 안색도 정상이었다. 하지만 입만 벙긋일 뿐, 말을 하지도, 움직이지도 못했다.

'이게 어찌 된 일이지?'

방사담은 곤혹스러웠다.

처음엔 일시에 여러 사람이 쓰러진 것을 보아 독인가 싶었지만 단순히 그리 생각하기에는 증세가 이상했다.

방사담은 잠시 고심하더니 결국 완맥을 짚었다. 중독되었을지도 모르는 사람과 접촉하는 것이 위험할 수도 있었으나, 다른 방도가 없었다.

그는 얼마 안 있어 안색이 대변하더니 이번엔 명문혈로 손을 옮겼다.

'진기가… 진기가……'

그들에게서는 진기가 느껴지지 않았다. 아니, 완전히 느껴지지 않는 것은 아니었지만 그 힘이 너무나 미약해 세 살 먹은 어린아이만도 못했던 것이다.

'어떻게 이런 일이?'

물론 진기를 흩뜨리는 산공독이란 것이 존재하긴 했다. 하지만 일시적으로 공력을 사용치 못하게 하는 것이지 이처럼 완전히 사라지게 하는 것이 아니었다.

게다가 이리 단시간 만에 모든 공력을 잃어버리게 하는 산공독이 있다는 말조차 들어본 적이 없었다.

방사담은 자리에서 일어나 주위를 둘러봤다.

하나 자신들 외에 다른 사람의 그림자조차 보이지 않았다.

어딘가에 숨어서 암습을 한 게 분명했지만, 흔적을 찾을 수
없었다.

'완벽한 패배로군.'

그는 힘없이 고개를 저었다.

*　　　*　　　*

우백은 딱딱하게 굳은 표정으로 태사의에 앉아 있었다.

"교주님, 심려치 마십시오."

사사의 말에 우백의 고개가 비스듬히 돌아갔다.

사사를 뚫어져라 쳐다보는 그의 눈에서는 무시무시한 기
운이 줄기줄기 뿜어져 나오고 있었다.

"심려치 말라?"

"그렇습니다. 적룡대주의 죽음은 뜻밖이었으나, 그는 충분
히 소임을 다한데다, 임씨세가는 멸문이나 다름없는 피해를
받지 않았습니까."

"나는!"

"……."

"단지 그의 죽음 때문에 이러는 것이 아니야. 내가 바란 것
은 압도적인 승리였어. 그건 그대도 알고 있겠지?"

"물론이지요."

"한데! 결과는 공멸이야. 단 한 명도 살아 돌아오지 못했단

말이네. 이건 어찌 설명할 건가?"

"그건 저의 실수를 인정할 수밖에 없군요. 설마하니 임씨세가 내에 가주를 뛰어넘는 고수가 있으리라고는 저도 예측하지 못했으니 말입니다."

우백은 그가 순순히 자신의 잘못을 인정하자, 다소 노기가 수그러들었다.

하지만 무슨 이유에서인지 이번엔 미미하게 미간을 찌푸렸다.

"전주에게 듣자하니, 적룡대주를 죽인 자는 아직 어린아이라 하던데……."

"강호는 넓으니, 종종 뛰어난 재주를 타고난 인물들이 있기 마련이지요."

사사는 이번에도 대수롭지 않게 말했다.

"사사."

우백의 음성이 나직하게 깔렸다.

"말씀하십시오."

"아무리 천하가 넓고 기인이사가 많다고 해도, 그 나이에 육대세가의 가주를 뛰어넘을 정도의 무공을 익혔다는 사실이 자넨 이상하지 않나?"

그의 말은 옳았다.

아무리 천하재일의 기재라 할지라도 그 정도의 무공을 스스로 깨우쳐 이룩했다는 것은 어불성설이었다.

전주에 의하면, 적룡대주는 쾌검에 목숨을 잃었다 했다.

천하에는 수많은 쾌검식이 있으나, 쾌검에 있어서만큼 절정에 달한 적룡대주를 꺾을 정도의 쾌검식이 과연 어디 있겠는가?

적어도 우백이 아는 한 없었다.

그렇다면 해답은 단 하나.

세상에 드러나지 않은 절대쾌검식을 상대가 익혔다는 뜻이었다.

순간 천 속에서 유일하게 드러나는 사사의 턱이 미세하게 움직이는 듯했다.

하지만 그는 대답하지 않았고 이에 우백이 쐐기를 박 듯 물었다.

"그가 성천자인가?"

사사는 고개를 들었다.

그럼에도 그의 얼굴은 천에 가려 있어 무슨 표정을 짓고 있는지 우백은 알 수 없었다.

"왜 대답하지 않나? 그가 성천자인가?"

우백이 다그치자 그제야 사사의 입이 떨어졌다.

"바로 보셨습니다."

"하면! 왜 일찍 말하지 않았나? 그들의 눈이 무서워서인가?"

우백의 표정이 서릿발처럼 굳어졌다.

‘그들’ 이라 말하는 순간에는 사위를 얼려 버릴 듯한 한기마저 품고 있었다.

사사는 천천히 고개를 저었다.

“제가 감히 그럴 리 있겠습니까. 교주님께 미리 보고드리지 않은 이유는 저도 오늘에서야 확신을 가졌기 때문입니다.”

“사실인가?”

“저는 교주님께 절대 거짓을 고하지 않습니다.”

사사는 깊이 허리를 숙였다. 그의 음성에는 깊은 충심이 담겨 있었다.

“하면 왜 즉각 대답하지 않았나?”

“그것은 다만 교주님께 불필요한 염려를 끼칠까 두려워서였습니다.”

“불필요한 염려라…….”

우백은 다시 한 번 천천히 사사의 말을 되씹더니 천천히 고개를 주억거렸다.

“자네의 심정도 이해는 가네만, 걱정할 필요없네.”

“교주님, 이는 간단치 않은 문제입니다. 우리가 그들과 손을 잡았을 때는…….”

“성천과 관련된 일은 모두 일임하기로 했지.”

“바로 그렇습니다. 그 때문에…….”

“그건 우리 일에 성천자가 끼어들기 전까지의 일이야. 게

다가 그들은 자신들의 책임을 소홀히 했다 할 수 있잖은가. 지금껏 성천자가 누군지도 몰랐으니 말일세.”

“그렇기는 합니다만, 어디까지나 약조는 약조이니 이번 일은 그들에게 맡겨두시는 편이 낫지 않겠습니까?”

“혹시 그대가 그 아이의 정체를 전했는가?”

“전하지 않았습니다만, 지금은 그들도 파악하고 있을 것입니다.”

“흥!”

우백은 코웃음을 쳤다.

“성천을 상대한답시고 그렇게 오랫동안 별러왔으면서도 이제야 파악하다니. 내가 그들을 너무 과대평가한 것이 틀림없군.”

“교주님.......”

사사가 걱정스런 목소리로 입을 열자 우백은 손을 훼훼 저어 말을 끊었다.

“아네, 알아. 그래도 언젠가는 그 림주(林主)라는 자와 자웅을 겨룰 것이야.”

우백에게서 강한 투지가 끓어오르고 있었다

그는 투지를 삭히기 위해서인지 잠시 천장을 올려다보다 다시 입을 열었다.

“그리고 또 한 가지 전주로부터 들은 사실이 있다네. 그것이야말로 나를 당혹스럽게 하는 것이지.”

"말씀하십시오."

우백은 사사를 지그시 내려다보며 말을 이었다.

"희명이 말일세. 그 아이가 성천자와 함께 있었다더군."

사사의 턱이 가볍게 떨렸다.

"자네, 그에 대해 아는 것이 있는가?"

"소교주께서 마음에 두신 이가 있는지는 알고 있었으나 그가 성천자일 줄은 저도 미처 몰랐습니다."

"그랬군."

우백은 우희명이 지난날 했던 말을 떠올렸다.

일 년 안에 자신이 점찍은 흑령을 능가하는 혼인 상대를 구해오겠다는 것 말이다.

'너는 그가 성천자임을 알고서 그런 말을 한 것이냐.'

우백은 그리 믿었다.

그는 우희명이 위지극의 정체를 모르고 있다는 사실을 알지 못했다.

'하지만 이번 선택은 분명 잘못되었다. 너는 결코 만나서는 안 될 자를 만난 것이야.'

그는 지엄한 목소리로 말했다.

"사사!"

"하명하십시오."

"성천자를 죽이게."

사사는 그의 의중을 파악하려는 듯 잠시 바라보다 깊이 허리를 숙였다.

"교주님의 뜻이 정녕 그러시다면."

"누가 적당할 듯한가?"

"마침 이에 적합한 인물이 있습니다."

"그래? 이미 생각한 바가 있었나 보군. 그게 대체 누군가?"

사사의 턱이 또다시 떨렸다.

그는 웃고 있는 듯했다.

*   *   *

무당산.

구파일방 중 소림과 함께 무림의 양대 산맥을 이루는 무당파가 자리한 곳이다.

사위가 어둑한 깊은 밤, 개파 조사인 삼봉진인을 모시는 우진궁(遇眞宮)의 세 개의 정전 중에서도 가장 큰 대전(大殿) 안에 백발이 성성한 한 도인이 좌정해 있었다.

대전 안에는 여덟 개의 촛불이 은은하게 밝혀져 있어 그의 얼굴이 어슴푸레하게나마 드러나 있었는데, 그는 어딘지 모르게 수심이 가득한 표정이었다.

'어찌 그리 가셨소……'

그의 하얀 눈썹이 바람 한 점 없는데도 미미하게 흔들렸다.

대무당파 장문인 현우자(賢優子), 그는 그의 사부이자 전전대 장문인인 무오(無吾)를 생각하고 있었다.

오늘이 바로 정확히 사십 년 전, 무오가 세상을 등진 날이었다.

일 년에 한 번뿐이기는 하지만, 이날만 되면 현우자는 이곳에서 침식을 잊고 그를 기렸다.

현우자가 무오의 가르침을 받은 것은 채 오 년이 되지 못했다.

그럼에도 현우자가 무오에 대해 생각하는 것은 각별했다.

부모를 잃고 저잣거리를 떠도는 어린 그를 무당산으로 데려온 것이 무오였고, 도호를 내려준 것도 그였기 때문이다.

무오는 특이한 도인이었다.

그는 정이 많았다.

제자를 사랑하고 만물을 사랑하는 것이야말로 도인의 본분이지만 그는 그것이 과할 정도였다. 어진 인상에 정에 있어서만큼은 유약하기 짝이 없었다.

하나 그렇다고 해서 그가 약한 것은 아니었다.

오히려 무오는 무당파 역사상 세 손가락 안에 드는 고수로 평가받았다.

당시 적존교가 강호를 어지럽힐 때 그가 폐관에 든 상태가 아니었다면, 염상천이 아니라 그의 손에 적존교가 사라졌을 것이라는 게 중론일 정도였다.

'왜 그러셨소.'

현우자의 눈썹이 다시 흔들렸다.

이미 육십이 넘은 그였지만 사부를 생각할 때마다 이는 격동만큼은 참을 수 없었다.

이에는 이유가 있었다.

세간에는 무오가 우화등선을 한 것으로 알려져 있었지만, 이는 사실이 아니었다.

그는 스스로 목숨을 끊었다.

오 년의 폐관이 지났음에도 그가 모습을 드러내지 않자 결국 제자들이 폐관동에 들어섰고, 그때 그들이 볼 수 있었던 것은 한 구의 시신이었다.

그의 시신 앞에는 한 장의 종이가 펼쳐져 있었다. 그리고 거기엔 단 한 글자만이 적혀 있었다.

애(愛).

무당파는 발칵 뒤집혔다.

상문인의 자설이라는 무당파로서는 절내 있을 수 없는 일이 일어난 것이다.

결국 장로들은 회의 끝에 무오의 죽음을 등선으로 탈바꿈해 공표했다.

비록 거짓이기는 하나 그것이 그들로서는 최선의 선택이었다.

현우자로서도 이에 불만은 없었다. 세상은 알려진 것보다는 알려지지 않은 사실이 더 많다는 것을 그전부터 깨닫고 있었으니까.

하지만 그의 죽음만큼은 결코 이해할 수 없었다.

도대체 무엇이 그를 죽음으로 몰고 갔을까? 그리고 하필이면 왜 애(愛)라는 글자를 남겼을까?

그가 점점 사색에 잠길 때였다.

불현듯 촛불이 춤을 췄다.

"사제인가?"

현우자가 나직이 입을 열었다.

"그렇소."

그의 등 뒤에서 굵은 음성이 들려왔다.

"내일 얘기하자고 하지 않았는가. 사제도 알다시피 오늘은……."

"자시가 지난 지 이미 오래요, 장문 사형."

현우자는 눈을 떴다.

자시가 지났다면 그새 하루가 흘렀다는 의미였다.

그가 돌아앉자 거기에는 한 명의 도인이 서 있었다.

키는 훤칠하게 큰데다 도포를 입었음에도 탄탄한 근육이 드러난 몸. 게다가 매섭게 번뜩이는 눈빛과 굳게 다문 입술은 그를 더욱 강인해 보이게 했다.

"그랬구만. 내 미처 시간이 이리 흘렀는지 몰랐네. 하지만 지금은 너무 늦은 시간이지 싶네만. 아침에 이야기하는 게 어떻겠나?"

"아쉽게도 내일은 너무 늦소."

도인의 대답에 현우자는 의아하다는 듯 되물었다.

"늦다니, 그게 무슨 말인가?"

"간단하오. 아침이 되면 나는 이곳에 없을 테니 말이오."

"……?"

현우자는 그의 의중을 파악하려는 듯 그를 뚫어지게 바라봤다.

그리고 잠시 후, 가볍게 고개를 저었다.

'또 무슨 바람이 분 게로군.'

그의 사제 정우자(政優子). 그는 장문인의 사제임에도 장로의 신분이 아니었다.

무공은 비록 출중하나 성격이 급하고 호전적이어서 문파 내에서도 잦은 마찰을 일으켰다.

어렸을 때부터 그러더니 육십을 바라보는 지금까지도 그 성격을 고치지 못했다.

"그러면 자네가 돌아온 후에 듣기로 하세. 이번엔 얼마나 있다 올 셈인가?"

"다신 돌아오지 않을 생각이오."

예기치 못한 대답에 현우자는 안색이 변했다.

"돌아오지 않아?"

"그렇소. 나는 무당을 떠나려는 것이오."

"이보게, 정우."

현우자가 타이르듯 말했다.

"괜한 소리 마시게. 자네가 무당을 벗어나 어디로 간단 말인가? 이전처럼 바깥바람을 쐬다 보면 마음이 달라질 것일세."

"지금 나를 무시하는 거요?"

정우자의 목소리가 날카로워졌다.

"허허, 무시라니. 당치도 않은 말을. 자네를 무시할 사람은 본산에 아무도 없다네."

"과연 그럴지 모르겠소. 장문 사형만 해도 나를 좋지 않게 생각하고 있다는 사실을 내 모를 것 같소?"

정우자는 거침없이 말을 내뱉었다.

"어허, 너무 과하지 않나. 어찌 도를 수행하는 사람의 입이 그리 경박한가."

항상 부드러운 태도를 유지하던 현우자도 이번에는 노기가 일었는지 사뭇 목소리가 커졌다.

"나야 원래부터 경박했소. 장문 사형과 달리 내겐 고고함이 어울리지 않는단 말이오."

"그래서 진정 무당을 등지겠다는 겐가?"

"이미 말했소, 떠나겠다고."

현우자는 사제의 돌발스러운 태도를 납득할 수 없었다.

　이전에도 그는 도인의 생활이 답답하다고 몇 번씩 투덜대긴 했지만, 그러면서도 이미 수십 년을 무당에서 지내왔던 것이다.

　그런 그가 갑작스레 이리 강경하게 나오니 그 저의를 짐작조차 할 수 없었다.

　하지만 그의 의견을 완전히 묵살할 수만도 없었다.

　이윽고 한참 만에야 현우자가 다시 입을 열었다.

　"사제도 알다시피 본인이 떠나려 마음먹었다 해도, 그건 본 파의 허락이 있어야만 가능하네. 내 조만간 장로회를 소집하여 의논해 볼 테니 그때까지는 기다리게."

　하다못해 삼류 방파에서조차 출문(出門)을 하려면 거쳐야 하는 절차가 있거늘, 무당파와 같은 명문대파가 들어오고 싶다고 해서 들어오고, 나가고 싶다고 해서 나갈 수 있을 리 없었다.

　그러나 돌아오는 정우자의 대답은 뜻밖이었다.

　"우습군. 내가 나가는 데 남의 허락이 필요하다니."

　"정우!"

　결국 현우자의 노성이 터져 나왔다.

　촛불도 그 소리에 놀라 마구 휘청거렸다.

　그는 순간 사제가 미친 게 아닌가 하는 의심이 들었다.

　미치지 않고서야 무당의 제자로서 어찌 저런 말을 내뱉는단 말인가?

"무엇이 사제를 이리 만들었나? 사제는 당당한 무당의 제자란 말일세!"

어렸을 때부터 보아온 사제였다.

작은 불만은 있을지언정 무당파라는 사실에 자랑스러워하던 그였다.

정우자의 얼굴에 도인에 어울리지 않는 야릇한 미소가 피어올랐다.

"사형은 수십 년이나 함께했지만 아직도 진정한 나를 모르는구려. 나는 단 한 번도 무당을 사랑한 적이 없소. 이렇듯 사형조차 나의 지기가 되지 못하는데, 내가 더 이상 여기 있을 이유가 있겠소?"

"……?"

현우자는 일시지간 말문이 막혔다. 그리고 강한 의혹이 떠올랐다.

정우자의 말속에는 그를 알아주는 사람이 존재한다는 뜻이 숨어 있었다.

"흥. 놀라시는구려. 하나 그럴 필요없소. 이 천하에 나를 알아주는 이가 설마하니 없기야 했겠소?"

"그게 누군가? 무당을 나가 그 사람을 찾아가려는 겐가?"

"바로 그렇소. 그분은 나의 웅지를 채워줄 그릇이오. 그에 비하면 무당 따위는……."

그의 얼굴에 얼핏 조소가 스쳐 갔다.

정우자는 다음 말을 하지 않았으나, 현우자는 충분히 예상할 수 있었다.

"감히!"

현우자의 얼굴이 붉게 달아올랐다. 그와 동시에 도포가 미칠 듯이 펄럭였다.

"네가 감히 조사께서 계시는 이곳에서 그런 말을 입에 담다니."

"삼봉 진인이 대단하기는 하나 그 역시 그분에 비할 바가 못 되오."

"이놈!"

현우자의 양어깨 위에서 짙푸른 기운이 일렁이기 시작했다.

"네가 말하는 사람이 누구냐! 당장 밝히거라!"

"사형은 알 자격이 없소. 그리고 설사 내가 알려준다 한들 사형에겐 더 이상 필요없는 일이 될 테니까."

"그건 내가 결정할 일이다."

"아니오. 그건 이미 결정되었소. 왜냐하면……."

그때였다.

대전 문이 스르르 열리더니 짙은 갈의를 입은 죽립인 둘이 들어섰고, 그중 한 사람이 입을 열었다.

"왜냐하면 당신은 이곳에서 죽을 것이기 때문이오."

현우자의 노안이 찢어질 듯 커졌다.

'사제… 사제, 자네가… 설마.'

문파를 떠나는 것은 가능했다.

어렵기는 하지만 문파의 허락만 구하면 되었다. 그랬기에 현우자도 정우자가 괘씸하기는 할지언정 손을 쓸 생각까지는 없었다.

하지만 지금은 완전히 달랐다.

외부인을 끌어들였다, 그것도 장문인을 해할 계획을 가지고 있는 이들을.

그것은 문파에 대한 완벽한 배신이었고, 그에 따른 처벌은 당연히 죽음이었다.

게다가 더욱 놀라운 점.

문 하나만을 사이에 두고 있었음에도 현우자는 죽립인들의 존재를 알지 못했다.

무당파 장문인의 지척에서 그의 안목을 속일 정도의 인물이 강호에 과연 몇이나 되겠는가?

현우자는 두 명의 죽립인을 천천히 쓸어봤다.

두 명 다 검을 패용했다. 검면이 얇은 협봉검이었다. 이를 보아 쾌검을 익혔을 가능성이 농후했다.

또한 두 사람이 선 자세, 검을 들지도 않았지만 묘하게도 서로를 감싸고도는 기운이 있었다.

연수 합격을 전문적으로 익힌 자들이었다.

'어디서 이런 자들이…….'

그 순간 갑자기 떠오른 생각이 있었다.

바로 권제 주산명의 죽음. 그 역시 두 명의 괴인에게 죽임을 당하지 않았던가!

"권제를 해한 것도 자네들인가?"

죽립인 중 한 명이 천천히 고개를 저었다.

"당신은 알 필요없다 하지 않았소."

그 말을 끝으로 죽립인들은 검을 뽑았고, 정우자는 대전 밖으로 나가려 했다.

"정우! 어딜 가려느냐!"

정우자는 고개만 돌려 현우자를 쳐다봤다.

"그래도 옛 정리가 있으니, 차마 사형의 죽음을 보고 있진 못하겠구려."

정우자는 단지 그 말만을 남기고는 대전 밖으로 나가 버렸다.

그가 사라진 대전.

세 개의 시선이 교차했다.

그리고 삼시 후, 대전 안에 광풍이 놀아치기 시작했다.

*　　　*　　　*

임씨세가의 비극은 강호를 뒤흔들었다.

그만큼 임씨세가가 강호에서 차지하는 비중은 작지 않았

고, 그에 따라 적존교에 대한 평가는 다시 내려졌다.

이전의 적존교는 교주와 오대봉공의 힘이 팔 할 이상이었다.

하지만 지금의 적존교는 수하들 한 명 한 명조차 놀라운 무위를 가지고 있다는 것이었다.

물론 적오단과 적룡대가 모습을 드러낸 것이 이번이 처음은 아니었지만, 당시 멸문당했던 문파와 임씨세가와는 실력 면에서나 규모 면에서나 천지 차이이니 말이다.

하나 임씨세가의 비극이 단순히 강호인들에게 공포심만 심어준 것은 아니었다.

성천자의 등장.

임씨세가의 가주를 죽인 적의 수괴를 인청각원으로 위장하고 있던 성천자가 나서서 단 일검에 꺾어버렸다.

또한 적룡대 역시 성천자의 일장을 견디지 못하고 죽어나갔다.

그동안 말로만 무성했던 성천자가 드디어 모습을 드러냈으며, 그 무위 또한 과거 염상천에 버금간다는, 아니, 오히려 뛰어나다는 소문이 강호에 퍼지기 시작했던 것이다.

이러한 소문은 성천자를 직접 본 임씨세가의 무인들에게서부터 퍼져 나온 것이니 거짓일 리 없었다.

적존교는 강하다. 그러나 성천자는 더 강하다.

그것이 현재 강호인들이 품고 있는 공통적인 생각이었다.

호북과 섬서를 잇는 관도.

관도라고는 하나 산과 산에 둘러싸여 있어 비교적 한산했으며, 그 위를 걷고 있는 한 쌍의 남녀가 있었다.

무비일색의 빼어난 미모를 지닌 여인, 그리고 여인에 비해 전혀 뒤지지 않는 준수한 용모의 청년.

두 사람은 다름 아닌 위지극과 우희명이었다.

한데 이상하게도 그 둘은 어깨를 나란히 하고 걷고 있는 게 아니었다.

위지극은 대략 일 장가량 뒤떨어져 우희명을 쫓아가는 형세였는데, 두 사람의 걸음은 서로 느긋하여 좀처럼 간격이 좁혀지지 않고 있었다.

터벅터벅, 터벅터벅.

두 사람의 발걸음 소리만이 관도를 울리기를 한참, 결국 위지극이 걸음을 빨리하더니 우희명에게 다가갔다.

"저기… 이렇게 느긋하게 가도 돼?"

"돼."

우희명은 짤막하게 대답하더니 획하니 고개를 돌려 위지극을 쏘아봤다.

"너무 가까운 거 아니야?"

"아, 맞다! 떨어져서 걸으라고 했지?"

위지극은 마치 뜨거운 것에 데이기라도 한 것처럼 급히 뒤로 물러섰다.

'대체 왜 저러는 거야?'

위지극은 그녀의 속을 도통 알 수 없었다.

살갑게 굴다가도 어느 순간 저렇게 틱틱거렸다.

일례로 오늘 아침 객잔을 떠나올 때까지만 해도 옆에 착 달라붙어 음식을 먹여주지 않았던가?

그러던 것이 점심이 지나자마자 저리 냉랭하게 변해 버렸다.

그런 그녀의 행동에 내심 불만이 없는 것은 아니었지만, 차마 그녀에게 뭐라 할 수도 없는 노릇이기에 위지극은 조용히 따라갈 수밖에 없었다.

마땅히 할 말이 없어지자 문득 며칠 전 일이 생각났다.

임씨세가의 일이 대충 정리되는 듯하자 위지극은 금산청을 따로 청했다.

"산청이 형."

"아, 그래. 왔구나."

한 그루의 멋들어진 느티나무 아래서 기다리고 있던 금산청이 자신을 부르며 뛰어오는 위지극을 반갑게 맞이했다.

"무슨 일인데 이렇게 보자고 한 거냐?"

그는 위지극이 성천자임이 세상에 알려지자 권제를 암살한 이들 때문에 걱정되기도 했으나, 한편으로는 내심 뿌듯

했다.

그는 자신이 부탁했던 대로 폐관수련을 끝마쳤고, 그 성과는 자신의 예상을 뛰어넘었던 것이다.

그러니 어쩌면 권제를 해한 자들도 쉽사리 위지극을 어쩌지는 못할 것이라는 생각도 가지게 되었다.

"부탁드릴 게 있어서요."

"뭔지는 모르겠다만, 꽤나 조심스러운 부탁인가 보네?"

"아무래도 좀……."

"말해봐라."

위지극은 잠시 뜸을 들이다 조용히 입을 열었다.

"육문산에 가보려고요."

"뭐?"

금산청의 눈이 화등잔만 하게 커졌다.

육문산이라면 적존교의 본산 아닌가?

"거길 왜?"

"그게 뭐랄까… 가능하다면 희명이 아버님을 뵙고 말씀드릴까 생각 중인데……."

"가서 도대체 무슨 말을 하려고?"

위지극이 갑자기 머리를 긁적였다.

"이번에 보니까 생각했던 것보다 희생자들이 너무 많더라고요. 이런 식으로 해서 과연 무슨 이득이 있을까 해서……."

금산청은 위지극이 하고자 하는 뜻을 알아채고는 헛웃음

이 나왔다.

"허, 그래서? 적존교에 가서 제발 좀 조용히 있어달라 부탁하려고?"

위지극도 무리라고 생각했을까, 다시 머릴 긁적였다.

"그런 셈이죠. 안 될까요?"

"당연하지. 씨도 안 먹힐 거다. 아무리 네가 성천자라고 해도 콧방귀도 안 뀔걸? 그리 쉽게 그만둘 생각이었다면 애초에 시작도 안 했을 거야. 게다가 그들에게는 네가 가장 강한 적 중 하나이니 그 기회를 놓치지 않을지도. 또한, 설사 그 아이의 아버지가 허락한다 해도 반대하는 많은 이들 때문에 불가능할 거야."

만약 자신이 적존교의 입장이었다면 그 기회를 빌어 위지극을 없앨 것이었다.

하지만 위지극은 거기에 대해서만은 단호하게 대답했다.

"차마 절 해하진 못할 거예요."

"왜?"

금산청이 물었으나 위지극은 대답 대신 다른 말을 했다.

"그리고 그분이 결정하면 그걸로 싸움은 끝이에요. 반대하는 이들이 있을 리 없어요."

금산청이 두 눈을 끔뻑였다.

"무슨 소리야, 그게?"

열 명만 모인 집단에서도 중지를 모으기 힘들다.

적존교와 같은 거대한 집단이라면 더욱 그랬다.

위지극은 아무 말 없이 금산청을 바라보고만 있었다, 마치 눈빛으로 대답하려는 듯이.

이에 금산청은 자기가 놓친 무언가가 있나 생각하다가 문득 한 가지가 떠올랐다.

어느 집단이든지 우두머리는 존재한다. 그러나 그의 생각에 모든 이들이 동조하기도 힘들고, 그에 따르게 하는 것은 더욱 힘들다.

하지만 마교라면?

이전에도 그래왔지만 교주의 결정이 곧 전체의 결정이었던 것이다.

오죽하면 무인지하(無人之下) 만인지상좌(萬人之上座)의 권력을 가진 자는 천하에 황상과 마교 교주, 둘밖에 없다는 말도 있지 않은가?

"그러면 우 소저의 아버지가?"

"맞아요. 그래서 일 푼의 가능성이라도 있는 것이고, 그 때문에 제가 가려는 거죠. 그래도 이 점은 꼭 비밀로 해주셔야 되요. 괜히……."

"아, 알았다. 그렇지만 뭐랄까, 너도 억세게 재수가 없다고 해야… 아니, 재수가 좋다고 해야 하나?"

"둘 다죠, 뭐."

위지극은 가벼운 미소를 지었다.

금산청은 그런 위지극을 바라보며 어쩌면 그의 말대로 가능할지도 모르겠다는 생각을 잠시 했다. 하지만 곧 고개가 저어졌다.

아무리 자신의 딸이 데려온 사람이라 할지라도 그리 쉽게 마음을 바꾸지는 않을 듯했다.

그러나 그런 위지극에 대해 마땅히 반대할 만한 이유도 금산청에겐 없었다.

"한데 우 소저가 정말 너를 데려가겠다고 해?"

"사정이 있었어요."

사실 처음에 우희명은 위지극에게 가야 할 곳이 있다고만 했지 정확히 무엇 때문에 어디로 가야 한다는 것을 밝히지는 않았다.

이에 위지극은 중요한 시기이니만큼 반드시 알아야 한다고 했고, 그렇지 않는 한 자신은 한 발자국도 움직이지 않겠다고 했다.

우희명은 위지극이 의외로 강경하게 나오자 고민 끝에 털어놨다.

즉, 지금도 물론 뛰어난 실력이지만, 흑령에게 이기기 위해서는 사대봉공의 힘을 빌리는 것이 더 확실하며, 그래야만 그에게 시집가지 않을 수 있다는 사실을 말이다.

위지극은 내심 어이가 없었지만, 우희명의 뜻을 받아들였다. 하지만 이는 우희명이 생각하는 것과는 다른 이유에서였다.

위지극에겐 사대봉공의 힘을 빌릴 생각 따윈 전혀 없었다.

그에겐 무혼심결이 있었기 때문이다

사대봉공을 직접 보진 못했지만, 이를 뛰어넘지는 못할 게 분명했다.

그럼에도 허락한 것은 금산청에게 말했듯이, 이번 기회에 적존교주와 담판을 지을 생각에서였다.

어찌됐든 아무도 들어가지 못하는 육문산에 들어갈 수 있는 절호의 기회 아니겠는가.

그러나 이런 일까지 금산청에게 말할 필요는 없었다.

'휴, 그렇게 해서 출발하기는 했는데…….'

위지극은 상념에서 깨어나 고개를 설레설레 저었다.

한참이 지났음에도 우희명은 여전히 위지극을 모른 척하며 앞서 걸어가고 있었던 것이다.

그는 왠지 모르게 한심하다는 생각이 들었다.

그때였다.

앞을 바라보고 있던 위지극의 눈이 한순간 가늘어졌다.

第三十六章
연자팔기(蓮子八氣)

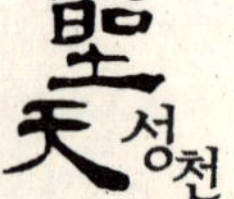

반대편 관도를 따라 걸어오고 있는 한 남자가 눈에 들어왔다.

중키에 백의 장삼을 입고 이마에 두른 유생건 아래로 청호(靑湖)의 그것처럼 맑은 두 눈을 가진 이십대 후반의 젊은이.

그는 일견에도 미유완보하는 유생처럼 보였다.

하지만 위지극은 그를 보는 순간부터 뭔가 어색하다는 느낌을 지울 수 없었다.

'뭘까?'

그가 점차 다가올수록 그 느낌은 점점 강해져 갔다.

하지만 쉽사리 그 이유를 찾지 못했고, 그러는 와중에 그 유생은 우희명을 지나치고 있었다.

바로 그때였다.

'아!'

우희명와 유생이 스쳐 가는 찰나에서야 위지극은 그 어색한 느낌의 정체를 깨달았다.

이곳은 산과 산을 가로지르는 관도. 바람이 매섭지는 않더라도 흙먼지가 끊임없이 날리고 있었다.

때문에 우희명과 자신의 옷은 적지 않은 양의 흙먼지로 더러워져 있었다.

그러나 유생의 백의 장삼, 거기에는 티끌 하나 묻어 있지 않았던 것이다.

이제 갓 빨래질한 옷처럼 말이다.

위지극은 자신도 모르게 유생의 얼굴을 쳐다봤다.

그러나 유생은 위지극에겐 관심이 없는 듯 앞만을 보며 무심히 스쳐 지나갔다.

'신기하네.'

위지극은 기이한 경험을 한 듯싶어 절레절레 머리를 흔들었다.

바로 그 순간,

타박거리던 유생의 발걸음 소리가 갑자기 뚝 멈췄다.

위지극은 소스라치듯 놀라 뒤로 돌았다.

"……!"

유생은 위지극을 바라보고 있었다.

그리고 그의 입가에 미소가 서서히 번져 갔다.

환하기는 하되 조용한 미소다.

위지극은 그 미소의 정체를 대번에 깨달았다.

그는 자신을 보며 기뻐하고 있는 것이다.

그것도 더할 나위 없이 즐거워하고 있음에 분명했다.

왜? 도대체 무엇 때문에?

위지극은 맹세코 그를 처음 보았다.

하지만 뭔가 낯이 익은 듯도 했다.

하지만 그게 무엇인지는 머리에서만 맴돌 뿐, 정확히 기억
나지 않았다.

그때 유생의 입에서 청아한 목소리가 흘러나왔다.

"네가 무혼의 뒤를 이었구나."

"……!"

위지극의 눈이 찢어질 듯 커졌다.

방금 뭐라 했는가?

분명 무혼이라 하지 않았나? 어떻게 자신이 무혼심결을 익
혔는지 이자가 안단 말인가?

아니, 그것은 둘째 치고라도 지금까지 무혼이라는 존재조
차 아는 이가 없었건만.

위지극은 묻고 싶었다.

그러나 도통 입이 떨어지지 않았다.

마치 그의 음성 속에 사람의 심신을 구속하는 힘이 실려 있는 듯이.

"왜 그래?"

위지극이 갑자기 멈춰 서자 이상함을 느낀 우희명이 뒤돌아섰다.

하지만 위지극은 그녀의 음성을 듣지 못한 듯 유생만을 뚫어져라 바라보고 있었다.

"아는 사람이야?"

우희명이 궁금하다는 표정으로 다가오려 했다.

"오지 마!"

위지극이 급히 소리쳤다.

우희명이 위험할지도 모른다고 생각하자 일시지간 구속이 풀리며 입이 떨어졌다.

그사이 위지극은 한 손을 뒤로 뻗어 우희명을 오지 못하게 하고, 나머지 한 손으로는 검파를 쥐었다.

그는 유생에게서 적의를 느낄 수는 없었지만, 등줄기에서부터 기분 나쁜 기운이 스멀스멀 올라오고 있었다.

무혼의 정체를 아는 자.

그리고 한눈에 자신의 내력을 파악한 자.

결코 호인일 리 없었다.

위지극은 내력을 끌어올렸다. 언제라도도 출수할 수 있게 전신에 휘돌렸다.

“당신… 누구지?”

위지극이 더없이 낮게 가라앉은 음성으로 물었다.

하나 유생은 묵묵히 위지극을 쳐다보다 이윽고 신형을 돌려세웠다.

그리고 마치 아무 일도 없었다는 듯이 걸어갔다.

위지극은 쫓아가서 묻고 싶었다, 정체가 뭐냐고.

그러나…….

‘지금은 안 돼.’

위지극은 애써 마음을 추슬렀다.

유생은 임가육이나 북무림회주처럼 강인한 기운을 풍기지 않았다. 그럼에도·자신의 오감을 끝없이 자극했다.

위험한 인물.

정체를 알 수 없으나 오직 그것만은 확실했다.

그리고 또 하나, 오늘의 만남이 결코 끝이 아니리라는 사실이었다.

“무슨 일인데?”

그가 사라지고 나자 우희명이 다가왔다.

“휴우…….”

위지극은 대답 대신 깊은 한숨을 내쉬었다.

“아는 사람이야?”

“아니. 근데 너도 처음 보는 사람이지?”

우희명은 고개를 끄덕였다.

위지극은 그러리라 예상하고 있었다.

그가 적존교의 인물이었으면 우희명을 그렇게 스쳐 지나
갔을 리 없었다.

"별일 아니야. 신경 쓰지 않아도 돼."

"나한테 오지 말라고 그렇게 소리쳐 놓고 무슨 소리야?"

갑자기 우희명이 발끈했다.

"그야, 혹시나 해서 그랬지."

"혹시… 그거 나 걱정해 준 거야?"

"응? 으응."

"걱정해 줘서 고맙긴 한데……."

우희명이 배시시 웃었다.

"너무 가깝다는 생각 안 들어?"

"에?"

"저리 떨어져!"

그녀는 빽! 하니 소리치더니 먼저 걸어가 버렸다.

"……."

위지극은 그런 그녀를 멍한 표정으로 지켜보다 결국 조그
맣게 투덜거렸다.

"자기 발로 왔으면서……."

그날 저녁, 위지극은 단강에 다다랐다.

이제 이곳만 건너면 육문산이 있는 등주까지 하루 이틀이면 당도하니 거의 다 온 셈이나 마찬가지였다.

객잔에 들러 간단히 저녁 식사를 마친 두 사람은 차를 드는 중이었다.

우희명은 고개를 돌려 창문을 통해 단강을 바라보고 있었는데, 물 위에 떠 있는 배에서 나오는 불빛들이 간간이 있어 꽤나 운치있는 모습이었다.

위지극은 눈을 감고 느긋하니 차를 홀짝이고 있었지만, 속으로는 유생의 정체를 파악하기에 여념이 없었다.

그러나 아무리 생각해도 그가 누구인지 알 수 없었다.

다만 한 가지.

권제를 해하고 불공성천이란 글귀를 새겨놓은 무리와 어떤 연관이 있지는 않을까 하는 짐작은 있었다.

불공성천이란 결국 성천을 어느 정도는 파악하고 있다는 뜻이었고, 그런 성천에 무혼심결이 있었기 때문이다.

만약 그렇다면 적존교와는 또 다른 무리가 존재한다는 예전의 가정도 어느 정도 맞아떨어졌다.

'어지럽다, 어지러워.'

위지극은 감았던 눈을 슬그머니 떴다.

우희명은 여전히 창밖을 바라보고 있었다.

"희명아."

위지극의 부름에 우희명이 살짝 눈길만 돌렸다.

“내가 뭐라도 잘못한 거 있어?”

위지극은 그녀가 왜 이리 쌀쌀맞게 대하는지 추측할 길이 없자 결국 직접 물어보기로 결정했다.

“없어.”

“없는데 왜 그래?”

“사연화인지 임도옥인지한테나 물어봐.”

그녀는 순간 자신도 모르게 툭하니 내뱉고는 아차 싶었다.

뒤늦게 다시 새치름한 표정을 지었으나 어딘지 모르게 어색하기만 했다.

‘연화? 도옥?’

위지극은 어리둥절했다.

갑자기 여기서 그녀들 이름이 왜 나온단 말인가?

위지극이 멍하니 자신을 바라보고만 있자 우희명은 몇 번인가 안색이 변하더니 화난 목소리로 말했다.

“그 언니는 그렇다 치더라도, 임도옥인가 하는 그 계집애는 대체 뭐야?”

“뭐냐니?”

위지극은 더욱더 알 수 없는 미궁에 빠지는 기분이었다.

“우리 떠날 때 말이야. 갑자기 이상하게 굴었잖아. 너 그 애 때문에 죽을 뻔했었다며, 그런 주제에… 흥!”

우희명은 뭐가 그리 화가 나는지 연신 흥흥댔다.

‘그날…….’

위지극은 그동안 신경 쓰지 않고 있던 일이라 잊고 있었는데, 우희명 때문에 다시 생각났다.

사실 임도옥의 행동은 위지극도 납득할 수 없는 것이었다.

그녀는 위지극에게 조심하라고 했다.

화자개가 앙심을 품고 있으니 살수를 고용했을지 모른다고 했다.

원한을 품고 있는 것은 화자개보다 오히려 그녀로 보였었는데 하루 만에 성정이 급변한 걸까?

하지만 위지극은 별 관심이 없었다.

임도옥도, 화자개도 그의 관심을 끌 만큼 중요하지 않았다.

임가육은 딸을 부탁한다는 듯이 말했지만, 그것은 이미 지켜졌다.

적존교의 손에 해를 입지 않았으니 말이다.

그리고 임도옥은 믿을 수 없는 말을 덧붙였다.

그녀는 미안하다고 했다.

물론 그 뒤에는, 사람이니까 실수도 할 수 있는 일 아니냐며 성질 긁는 말을 하긴 했지만.

'생각할수록 화나네. 뭐, 실수?'

실수도 정도가 있지. 이건 살인을 저질러 놓고 실수니 미안하다고 하는 것과 다를 게 없잖은가.

그런데 문제는 그게 아니었다.

그녀의 야릇한 눈빛. 위지극을 대하는 바로 그 눈빛이 문제였다.

우희명은 대번에 임도옥이 위지극에게 연정을 품고 있다는 사실을 눈치챘다.

위지극도 바보가 아닌 이상 짐작은 했다. 하지만 임도옥에 대한 관심 자체가 없었기 때문에 무시했던 것이다.

위지극의 얼굴에 장난스러운 미소가 번져 갔다.

"너, 설마 질투하는 거야?"

"아니야!"

우희명은 발끈하며 소리쳤지만 그녀의 얼굴은 어느새 붉어져 있었다.

"에이, 그것 때문이었구나. 난 또 뭐라고……."

"아니라니까!"

"그나저나, 이거 은근히 기분이 좋은데."

"뭐가 좋아? 내가 질투하는 게 좋아?"

"어? 너 방금 말했다!"

"……."

당황한 우희명은 세차게 고개를 돌려 버렸다.

위지극은 그녀의 옆모습을 지그시 바라보았다.

그런 그녀의 모습이 그렇게 사랑스럽고 귀여워 보일 수가 없었다.

위지극은 손을 들어 올려 부드럽게 그녀의 머리를 만지작거렸다.

"치워!"

그녀는 고개를 획획 저어댔으나 위지극의 손은 떨어지지 않았고, 몇 번인가를 저항하던 그녀는 끝내 얌전해졌다.

토라진 듯 표정을 짓고 있지만, 그 이면에는 싫지 않은 기색이 역력했다.

위지극은 웃음이 나오려는 것을 꾹 참았다.

확실히 여인의 마음을 헤아리는 것은 쉽지 않았다.

그리고 시시때때로 변하는 그것에 맞춰주기는 더욱 쉽지 않았다.

하지만…….

나쁘지 않았다. 오히려 즐거운 일이었다. 적어도 우희명에게만큼은 그렇게 하는 게 즐거웠다.

그녀는 위지극을 위해 부친이 하는 일에 역행하고 있었다. 위지극도 직접 겪진 않았지만, 그것이 얼마나 힘든 일인지 짐작할 순 있었다.

그는 문득 우희명에게 입맞춤하고 싶다는 생각이 강하게 들었다.

그의 입이 우희명의 얼굴에 점점 다가가기 시작했다.

의자에 겨우 앉아서 상체만 내밀다 보니 어정쩡한 모양새였지만 위지극은 개의치 않았다.

'응?'

우희명은 이상한 낌새에 흠칫하여 고개를 돌리다 코앞까

지 다가온 위지극을 보고는 소스라치게 놀랐다. 그리고…….

짝!

경쾌한 소리가 객잔에 울려 퍼졌다.

"앗, 미안."

그녀는 곧바로 사과했지만, 한손으로 뺨을 어루만지며 원망 어린 눈길로 쳐다보는 위지극을 보니 미안하기만 했다.

'그러기에 왜 그렇게 갑자기… 미리 말이라도 해주고 하지.'

내심 안타까움이 물밀듯이 밀려왔다.

모처럼의 기회였는데, 물거품처럼 사라져 버렸다.

분위기가 갑작스레 어색해지려 하자 우희명은 배시시 웃으며 화제를 돌렸다.

"그런데 예전부터 궁금했던 건데, 어떻게 그럴 수 있는 거야?"

"뭐가?"

위지극은 툴툴거리는 목소리로 대답했다.

우희명은 위지극의 화가 풀리지 않았다는 것을 직감했으나, 애써 모른 척하며 물었다.

"처음 만났을 때, 두 번째 만났을 때, 그리고 얼마 전. 그때마다 무공이 급진전했잖아. 불과 몇 달 되지도 않았는데."

위지극은 반짝거리는 눈빛으로 자신을 쳐다보고 있는 우희명을 게슴츠레하게 바라보다 말했다.

"안 가르쳐 줘."

'이게!'

우희명은 순간 발끈할 뻔했으나, 겨우 눌러 참았다.

"에? 남자가 쩨쩨하게 겨우 그거 가지고 화난 거야?"

"겨우 그거? 머리가 떨어져 나가는 줄 알았구만."

위지극은 아직도 맞은 곳이 얼얼한지 뺨을 쓰다듬으며 볼멘소리로 중얼거렸다.

"미안, 미안. 그런데 참 허풍도 심하네. 나의 이 가녀린 손이 얼마나 아프다고."

그녀는 자신의 하얀 손을 드러내 이러저리 돌려보다가 다시 물었다.

"그보다 정말 어떻게 한 거야? 원래 무공 자체가 그런 거야? 아니면 네가 천하제일의 기재라서… 뭐, 보기에는 아닌 듯하지만."

'저게!'

이번엔 위지극이 발끈할 뻔했다.

좋게 나가다가 쏙 한마디가 들어섰다.

하지만 계속 말 안 하고 버티다간 또다시 우희명이 삐칠까 두렵기도 했다.

"설명하기 힘든데, 내가 익힌 무공의 특성이 그래."

정확하게는 무공뿐만이 아니라 위지극의 신체적인 특성 때문이었지만 그는 차마 무혼심결의 내용을 그대로 말해줄 수 없었다.

우희명도 이번만은 더 이상 자세하게 묻지 않았다.

그녀 역시 무인이다 보니 아무리 친하다고는 해도 타인의 무공에 대한 내용을 듣는 것이 조금은 꺼림칙했기 때문이다.

반면 위지극은 폐관에 들었던 때가 불현듯 떠올라 몸서리가 쳐졌다.

'그땐 정말 힘들었지……'

떨그렁.

위지극은 사취암에 들어서자마자 이십여 개의 검을 바닥에 내려놓고는 연신 팔을 주물러 댔다.

"쇳덩이라 그런지 어지간히도 무겁네."

그는 어느 정도 근육이 풀린 듯싶자 주위를 한 번 돌아보며 흐뭇하니 미소 지었다.

곳곳에 피어 있는 곰팡이, 그리고 눅눅함.

절대 쾌적하다고는 말할 수 없는 곳이었으나 이전에 자심연도를 익히던 곳이어서 그런지 마치 집에 온 듯한 포근함마저 느껴졌다.

인생에서의 첫 번째 폐관수련.

오늘이 그 첫날이었다.

그는 땅바닥에 어지러이 흩어져 있는 검을 물끄러미 쳐다보다가 하나를 주워 들고는 검을 뽑았다.

어두침침해서 그런지, 날카로운 검날이건만 예리함이 느껴지진 않았다.

"차라리 이게 낫다."

그가 이렇게 많은 검을 가지고 폐관수련을 시작한 것엔 이유가 있었다.

유금도문에서 노대후와의 결투 후에 크게 깨달은 바가 있어서였다.

"그럼 시작해 볼까?"

그는 거꾸로 검을 고쳐 쥐고는 자심연도를 끌어올렸다. 그리고…….

퍽!

그대로 심장에 틀어박았다.

"큭!"

참아보려고 했지만 비틀린 신음이 새어 나왔다.

'아프다. 젠장.'

그래도 참아야만 했다.

자신이 깨달은 바를 입증하기 위해서는 반드시 수반되어야 하는 과정 중 하나였다.

자심연도가 꿈틀대기 시작했다.

도도하게 혈맥을 흘러가던 진기가 심장 쪽으로 급속히 치달았다.

그에 따라 선천기가 모여 있던 일곱 곳이 일순간 텅 비었다.

하지만 이는 역시 찰나에 불과했다.

역천지신인 위지극에게 선천칠기의 소실은 일어날 수 없는 일, 곧바로 일곱 곳 모두에서 선천기가 끓어오르기 시작했다.

차 반 잔 마실 정도의 시간이 흐르자 선천칠기는 예전의 양을 회복했고, 또다시 심장 쪽으로 흘러들어 갔다.

이는 사실 이전에 사취암에서 자심연도를 익혔던 방법과 일맥상통했다.

다만 그때는 진기를 땅으로 내쏘아 소비했지만, 지금은 심장을 통해 진기를 방출한다는 것에서 차이가 날 뿐이었다.

'좋아. 확실히 달라.'

찢어지는 아픔 속에서도 위지극은 쾌재를 불렀다.

자신의 예상대로다.

이전의 수련 방식보다 훨씬 효과가 뛰어났다.

땅바닥을 통해 진기를 힘없이 소모하는 것과 심장을 살려 내기 위해 진기가 쓰이는 것.

후자 쪽이 월등할 수밖에 없었다.

그리고 또 한 가지 명백한 차이가 있었다.

선천칠기가 모이는 속도는 어떤 면에서는 비슷했다. 하지만 그 양은 달랐다.

배가 넘을 정도의 진기가 한순간에 모였다.

이건 무엇 때문일까?

위지극도 정확한 이유를 찾진 못했다.

다만 역천지신을 유지하는 데 쓰이는 진기의 양이 그만큼 막대하면서도 양질의 진기가 필요하기 때문이 아닐까 추측할 뿐이었다.

위지극이 노대후와의 결투에서 발견한 사실은 바로 이것이었다.

당시 도가 심장을 가르고 난 후 얼마 지나지 않아 금고진천을 펼쳤다.

한데 수련 시에 펼쳤을 때와는 확연한 차이가 났다.

훨씬 수월하면서도 위력은 더 뛰어났던 것이다.

당시에는 위지극도 크게 의식하지 못했으나 시간이 지난 후에 그 차이를 깨닫고는 수련에 접목시키면 어떨까 생각했다.

그리고 오늘에서야 비로소 새로운 수련법의 위력을 몸으로 겪은 것이다.

'아무리 그래도 아픈 건 어쩔 거야!'

시간이 얼마나 흘렀을까

흘러나오는 피가 눈에 띄게 줄었나.

거의 다 회복이 된 것일까?

위지극은 이제 슬슬 검을 뽑을 때가 되지 않았나 생각했다.

바로 그때,

드드득!

기묘한 음향과 함께 검이 부러져 땅에 떨어졌다.

“어?”

그의 시선이 가슴으로 향했다.

검날은 아직도 박혀 있는 상태였다. 하지만 놀랍게도 조금씩 밖으로 밀려 나오고 있었다.

‘신기하네.’

어느새 심장은 아물었고, 방해거리에 불과한 검을 역천지신 스스로 빼내는 것이었다.

툭, 하는 소리와 함께 나머지 검도 빠져나오자 위지극은 가슴을 매만졌다.

보기 싫은 핏자국은 남아 있었지만, 검상은 흔적조차 남기지 않고 깨끗이 아물었다.

‘한 번 성공!’

위지극은 다른 검을 쥐고서 그동안 익힌 세 가지 초식, 우극탄천, 망사불악, 금고진천을 연이어 펼쳐 봤다.

사취암이 무너질까 염려스러워 내력을 조절했지만, 그래도 위력이 늘어난 것만은 확인할 수 있었다.

“됐다.”

위지극은 기뻐하다가 문득 한 가지 걱정이 떠올랐다.

남은 검은 스무 개가 조금 넘었다. 그럼 그 정도밖에 시도하지 못한다는 셈이었다.

한 번에 하나씩 검이 부러져 나갈 테니 말이다.

예상으로는 하나의 검을 여러 번 사용할 수 있을 듯해서 맞쳐온 수량이었는데, 모자랄지도 몰랐다.

'그때가 되면 다른 방법이 떠오르겠지.'

그는 쉽게 생각하기로 했다.

괜한 걱정은 심신에 좋지 못하니 말이다.

그때부터 위지극은 하루에 하나씩 검을 부러뜨려 갔다.

그렇게 닷새가 흘렀을 때,

갑자기 눈앞이 환하게 밝아졌다.

그것은 단순한 내현지성이 아니라 무혼심결이 재등장하는 징조였다.

'왔구나!'

위지극은 모든 신경을 집중했다.

무혼심결은 여러 번 가르쳐 주지 않았다.

물론 단 한 번의 가르침이라도 심신에 깊이 박히기 때문에 잊어버릴 리는 없었지만, 무공에 대한 강한 집념이 가득한 지금은 결코 소홀히 할 수 없었다.

—자심연도 십성에 이른 것을 치하한다. 예상보다 꽤 일찍 이뤘구나.

'시간을 재고 있었나?'

위지극은 문득 그런 의문이 들었으나 잽싸 고개를 흔들어 잡념을 떨어냈다.

—일단공인 자심연도는 선천칠기가 바탕이었다. 그러나 이제부터 익히게 될 이단공, 즉 만해구인(萬海究靷)은 선천칠기와 더불어 한 가지가 더해지는데, 그것은 바로 연자팔기(蓮子八氣)다.

후에 만해구인을 십성으로 익히게 되면 나의 혼원무혼검법의 제 사초부터 제육초까지 세 초식을 무리없이 펼칠 수 있을 것이다.

이어 위지극의 눈앞에 만해구인의 도해와 연자팔기를 이 끌어내는 구결이 나타났다.

연자팔기는 어찌 보면 선천칠기와 유사했다.

선천칠기가 있어야만 연자팔기를 모을 수 있었으니 당연 한 일이었다.

연자팔기는 말 그대로 여덟 개의 진기가 뭉쳐 하나의 힘을 내는 이치였다.

이때 일어나는 힘은 선천칠기와는 사뭇 달랐는데, 선천칠 기가 굵고도 무거웠다면, 연자팔기는 가늘면서도 가벼웠다.

처음엔 그 이유를 알지 못했으나, 혼원무혼검법의 수련이 시작되자 대번에 깨달을 수 있었다.

그리고 만해구인 역시 선천칠기가 필요한지라 고의로 죽 음의 상태에 빠뜨리는 위지극의 수련 전략은 유효했다.

그렇게 삼 일간 만해구인을 익히고 나자 또다시 내현지성 이 발했다.

—이제부터 익힐 세 초식은 다음과 같다.

제사초, 일첨광섬(一尖光閃). 날카로운 일 점이 눈부신 빛을 발한다.

제오초, 탄검전궁(彈劍揃穹). 검을 울려 하늘을 가른다.

제육초, 첩천한격(倢遄捍擊).

나는 이 세 초식에 천하쾌검의 정수를 모두 담았다 자부한다.

'풉!'

위지극은 터져 나오려는 웃음을 가까스로 참아냈다.

무혼은 은근슬쩍 제육초에 대한 설명을 하지 않았다.

하나 이해 못할 바는 아니었다.

'초식 이름이 저게 뭐야. 빠르고, 빠르고, 빠른 공격이라니.'

빠르다는 표현을 무려 세 개나 써놓은 것을 보니 이름만 보아도 얼마나 대단한 쾌검식인지 알 수 있었다.

다만, 작명 솜씨가 좋다는 생각은 들지 않았다.

무혼도 이를 알기에 설명하지 않은 것이리라.

'그냐저냐 쾌검이라… 그래서 연자팔기가 그런 성질을 가진 것이었군.'

위지극은 그제야 연자팔기의 성질이 왜 가볍고 빨랐는지를 깨달았다.

초식은 진기의 성질을 따라가는 특성을 가지고 있으니, 중
검에서는 선천칠기가, 쾌검에서는 연자팔기가 아무래도 유리
했던 것이다.

　―이것이 제사초, 일첨광섬이다.

내현지성이 울리는 순간 위지극의 머릿속에서 모든 잡념
이 사라졌다.
오직 일첨광섬의 구결만이 머릿속을 맴돌고 몸은 절로 움
직여 초식을 밟아가고 있었다.
그렇게 위지극은 새로운 세계, 쾌검천하로 빠져들어 가고
있었다.

"뭐 해?"
"아!"
위지극은 상념에서 깨어났다.
"잠깐 뭐 좀 생각하느라고."
"뭘 생각하는데 그래? 불러도 대답도 없고."
그는 어색한 미소로 대답을 대신했다.
우희명은 뾰로통한 표정으로 그를 바라보다 단강으로 고
개를 돌렸다. 그러면서 조그맣게 중얼거렸다.
"잘됐으면 좋겠다."

"어떤 게?"

"전부 다. 특히 우리 일."

"걱정 마. 네 사형이란 사람에게는 지지 않을 테니까."

위지극의 음성엔 자신감이 가득 담겨 있었고, 우희명은 보일 듯 말 듯 고개를 끄덕였다.

위지극의 실력을 직접 보았으니, 그가 얼마나 뛰어난지 안다.

그럼에도 뭔가 꺼림칙한 게 남아 있었다.

그건 아마 부친의 흑령에 대한 확고한 믿음이 어디서부터 비롯된 것인지 모르기 때문일 것이었다.

第三十七章

해사방(海蛇邦)

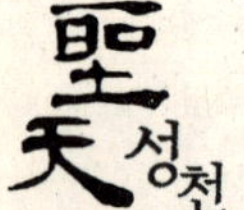

다음날 날이 밝자 위지극과 우희명은 단강을 건너기 위해 나루터를 찾았다.

단강은 하남과 섬서의 경계에 인접해 있어 두 성 간의 물자를 나르는 데 있어 주요했으며, 많은 이권이 개입되어 있는 곳이었다.

많은 물자가 거래되는 곳임으로 단강에는 수많은 진(津)이 있었고, 위지극이 찾은 곳은 그중에서도 제법 커다란 용하진이란 곳이었다.

이른 아침임에도 불구하고 용하진에는 강을 건너려는 많은 사람들이 모여 있었다.

"배다!"

위지극이 커다란 진선(津船)을 가리키며 소리쳤다.

그의 얼굴에는 신기하단 표정이 가득했다.

그럴 수밖에 없는 것이, 배는 지금까지 그림으로만 보았기 때문이다.

그 순간 우희명의 손이 위지극의 입을 틀어막았다.

"우읍, 왜 그래!"

"촌스럽게… 부끄럽지도 않아?"

"부끄럽긴, 신기하기만 하구만."

"그게 부끄러운 거야."

"아무튼 빨리 가보자."

위지극은 우희명의 손을 잽싸게 떨쳐 내고는 달려갔다.

하지만 그의 즐거움은 그리 오래가지 않았다.

"우웨웩."

흔들리는 뱃전에서 위지극은 연신 구토를 해대고 있었다.

그런 위지극을 우희명은 한쪽 구석에서 창피하다는 듯이 바라보고 있었다.

'아이고, 죽겠다.'

결국 힘이 빠진 위지극은 바닥에 주저앉았다.

흔들리는 것도 예측이 가능해야 어느 정도 참을 수 있을 텐데, 이놈의 배는 앞뒤로 출렁이는가 싶으면 다시 좌우로 흔들리니 도통 적응이 되지 않았다.

위지극은 하얗게 변한 얼굴을 하고서는 우희명에게 오라고 손짓했다.

하지만 우희명은 도리질을 했다.

마치 일행이라는 사실이 부끄럽다는 듯이.

그러다가 무엇을 보았는지 갑자기 날카롭게 눈을 치켜떴다.

'또 왜 그래? 못 볼 걸 봤나?'

위지극은 의아하게 생각하면서 시선을 돌리자 낯선 손이 코 앞에 와 있었다.

손바닥에는 검은 환단이 하나 놓여 있었는데, 거리가 가까워서인지 시원한 향기가 여실히 맡아졌다.

위지극이 고개를 들자 양 갈래로 머리를 예쁘게 땋은 소녀가 자신을 내려다보고 있었다.

소녀의 피부는 가뭇가뭇한 편이었으나 오히려 그 때문에 건강하게 보였으며, 입가에는 시원한 미소가 배어 있었다.

"이게 뭐야!"

"먹어."

"……?"

"몸에 좋은 거야. 먹어."

그래도 위지극이 눈만 멀뚱멀뚱 뜨고 있자 소녀는 답답한지 위지극의 손에 환단을 쥐어 줬다.

"아까부터 지켜보고 있었는데, 너무 힘들어 보여서 그냥 주는 거야."

"멀미 멎게 하는 약이야?"

소녀가 고개를 끄덕이자 위지극은 부리나케 입안에 털어넣고는 꿀꺽 삼켜 버렸다.

"야!"

우희명이 후닥닥 뛰어왔다.

"그렇게 아무거나 먹으면 어떻게 해!"

서슬 퍼런 우희명의 닦달에도 위지극은 입맛을 다시며 대수롭지 않게 대답했다.

"이것만 멈추면 죽어도 좋아."

"뭐야?"

"이봐!"

우희명의 이마에 핏줄이 서려 할 때, 옆에 있던 소녀가 그녀의 팔을 잡았다.

"아무거나라니. 비싸지는 않지만 그래도 꽤 잘 듣는 약이야. 말이 너무 심하지 않아?"

"뭐?"

우희명은 소녀를 보는 순간 기분이 좋지 않았다.

그것이 부질없는 질투라는 것을 그녀 역시도 알고 있었지만, 화가 나는 것이 사실이었다.

두 사람은 눈을 마주친 채 조용했다.

하지만 둘 사이에는 주먹과 욕설만 오가지 않았지, 격전과 다름없는 신경전이 벌어지고 있었다.

그때 어디선가 청수한 웃음소리가 들려오며 갈의 경장을 입은 중년인이 다가왔다.

"하하하, 이거 또 초홍이가 남의 일에 끼어들었구먼."

"아버지."

"그래그래."

그는 소녀의 머리를 쓰다듬고는 우희명을 향해 시원한 미소를 지었다.

"딸애를 용서해 주시게. 이 아이는 참견하기를 무엇보다 좋아해서 말이네."

그가 이렇게 나오자 우희명은 괜히 머쓱해졌다.

그녀는 가볍게 소녀를 향해 눈을 흘겨주고는 위지극을 부축해 일으켰다.

위지극은 약을 먹은 지 오래지 않았음에도 상태가 꽤 진정이 되는 듯했다.

"고마워. 덕분에 좀 살 것 같다."

"하하, 자네는 배를 자주 타보지 않은 듯하네."

갈의중년인이 물었다.

"자주 타보지 않은 게 아니라 이번이 처음입니다."

"그런가? 이런, 그럼 잘못 탔구만. 이곳 단강은 비교적 물살이 거세어 이렇게 커다란 진선도 때를 잘못 만나면 맥을 못

춘다네. 배를 타는 데 익숙한 사람도 단강에서는 조심해야만
하지."
　"그렇습니까?"
　위지극은 눈이 동그래졌다.
　배 타는 것이 무슨 재주냐 싶었지만, 이렇듯 한 번 경험하
고 나자 아무렇지도 않아 보이는 사람들이 신기하기만 했다.
　"물론이라네."
　그는 껄껄거리며 웃더니 위지극의 허리에 매어진 검을 보
고는 다시 물었다.
　"무공을 익혔는가?"
　위지극이 차고 있는 검은 벽자검이 아닌 일반 청강검이었
다.
　이번 육문산으로 향하는 길은 인청각원으로서가 아니라
개인적인 용무로 인한 것이기 때문에 놓고 온 것이다.
　만약 그가 벽자검을 차고 있었다면 갈의중년인이 이리 묻
지도 않았을 것이다.
　벽자검은 인청각원의 상징으로 강호에서도 유명했으니 말
이다.
　"남에게 자랑할 정도는 아닙니다. 혼자서 익힌 것이라."
　"저런, 쉽지 않은 길을 택했군. 무공을 스승 없이 익히는
것은 어려울 뿐만 아니라 위험하기도 한데……."
　"걱정해 주셔서 감사합니다."

"내 정신 좀 보게. 아직 통성명도 하지 않았는데 너무 많은 것을 물었구만. 나는 여산에서 온 형가량이라 하네. 그리고 이쪽은 내 딸 초홍이라네. 만나게 돼서 반갑네."

위지극은 초홍이라는 소녀와 가볍게 목례를 하며 형가량에게 포권을 취했다.

"저는 태평촌의……."

"전의평이에요."

위지극이 막 이름을 밝히려는 순간 우희명이 가로채 엉뚱한 이름을 말해 버렸다.

'에?

위지극이 의아한 눈으로 쳐다보자 우희명은 몰래 눈치를 주고는 말을 이었다.

"그리고 저는 우교라고 하지요."

사실 이는 예에 벗어난 행동이었다. 하지만 우희명은 전혀 개의치 않는 듯 싱긋 웃고 있었다.

이에 갈의중년인은 잠시 어색해하는가 싶더니 이내 미소를 지으며 대답했다.

"그랬구먼. 이렇게 두 사람을 같이 보니 각별한 사이로 보이네만……."

그가 말끝을 흐린 것은 그 역시 지금의 질문이 너무 과하단 생각했기 때문이다.

하지만 그는 아버지로서의 입장이 더 중요했다.

형가량은 배에 타는 순간부터 한 청년에게서 눈을 떼지 않고 있는 딸을 보았다.

그가 보아하니 청년의 용모가 매우 준수한 것이, 딸아이가 내심 마음에 품고 있는 게 아닌가 싶었고, 이는 환단을 전해주는 것으로 보아 확실해졌다.

결국 그는 딸아이를 대신해서 위지극과 우희명의 관계를 확인하려는 것이었다.

우희명은 힐끗 위지극을 쳐다보고 뭐라 대답하려 할 때였다.

"이쪽은 제 정인입니다."

"……!"

위지극이 먼저 대답했다.

그는 우희명을 향해 더없이 환한 미소를 짓고 있었는데, 그것을 보는 순간 우희명은 쓰러질 것만 같았다.

언제 그가 당당히 정인이라 밝힌 적이 있었던가?

인청각원에 소개할 때도 친구라고만 했다.

그에게서 사랑한단 말조차 들은 기억이 없다.

그리고 최근에는 여러 여인들이 접근하는 것을 보고 내심 불안하기도 했다.

혼자만의 착각은 아닌가, 위지극은 아무 생각 없는데 혼자 신랑감으로 생각하고 있는 건 아닌가 하는 의심이 들기도 했다.

하지만, 지금에서야 확실해졌다.

그 역시 자신을 사랑하고 있다는 사실을 말이다. 그것도 남 앞에서 이리 당당하게 밝힐 정도로.

우희명은 자신도 모르게 눈물이 나오려고 하자, 급히 고개를 돌렸다.

"그, 그랬는가? 축하하이."

형가량은 태연한 척했지만, 진한 아쉬움이 배어 나오는 목소리만은 숨기지 못했다.

"감사합니다."

'상대가 이미 있었구나, 초홍아.'

형가량은 슬그머니 형초홍을 쳐다봤다.

아니나 다를까, 그녀는 낙담하는 기색이 역력했다.

그는 형초홍의 어깨를 토닥여 주는 것으로 아픈 마음을 달래주는 수밖에 없었다.

"형님."

그때 형가량을 향해 네 명의 장한이 다가왔다.

그들은 모두 동일한 단삼을 입고 있었는데, 한 자루의 도를 패용했으며, 손가락 마디마디가 굵은 것이 무공을 익힌 자들로 보였다.

그중 사각 얼굴에 구레나룻을 기른 장한을 보며 형가량이 꾸짖었다.

"기다리라 했는데……."

"혹시 무슨 변고라도 있나 해서 왔습니다. 게다가 따분하기도 하고 말입니다."

장한의 목소리는 워낙 커서 쩌렁거리며 울렸다.

형가량의 미간에 미미한 주름이 생겼다.

"아무 일도 없다네. 그리고 따분하다는 것은 좋은 것이야. 탈이 없다는 뜻이니 말이네."

"하하하, 그렇습니까?"

장한은 웃었지만, 그는 마치 무슨 일이라도 벌어졌으면 하는 표정이었다.

"보아하니 이쪽 친구와 이야기를 나누시던데……."

"젊은 친구와 대화하는 것은 즐거운 일이지."

"오호, 자네 검을 가지고 있구만."

장한이 위지극의 검을 가리키더니 세차게 고개를 저었다.

"검이라니. 쯧쯧, 이보게, 어린 친구. 검보다는 도가 좋지 않나? 자고로 남자라면 패도를 익혀야 하는 법이야."

그러면서 자신의 도를 툭툭, 쳤다.

"지금이라도 늦지 않았으니 도로 바꿔보는 게 어떻겠나?"

위지극은 당황스러웠다.

"아니, 저는 뭐… 이걸로 만족하는데요."

"어릴 때 바꾸지 않으면 커서는 못 바꿔. 나의 멋진 도법을 한 번 보면 마음이 싹하니 바뀔 텐데. 아쉽게도 상대가 없구만. 어디 수적들이라도 안 나타나려나?"

“어허, 쓸데없는 소리 말고 가세나.”

형가량은 위지극에게 미안하다는 눈짓을 하고는 그들과 함께 자리를 옮겼다.

“어렵다, 어려워.”

위지극은 고개를 설레설레 저었다.

저리 막무가내인 사람이 제일 상대하기 힘들었다.

‘생각해 보면 희명이도 막무가내였는데. 자기 마음대로 약속도 정하고, 안 나왔다고 성질내고… 응?

위지극은 생각하다 말고 흠칫했다.

어느새인지 우희명이 자신의 손을 꼬옥 잡고 있지 않은가?

“어… 남들 보는데…….”

“보면 어때?”

오히려 우희명은 어깨를 밀착해 왔다.

“자… 잠깐만.”

“정인이라며? 정인끼리는 이래도 되는 거야. 왜 이리 긴장하고 그래? 혹시!”

우희명이 순간 날카롭게 눈을 치켜떴다.

“거짓말이었어?”

“아니, 아니야.”

“거봐. 그러니까 괜찮아.”

우희명은 히죽 웃더니 깍지를 끼며 위지극의 어깨에 얼굴을 부비댔다.

배는 물살을 헤치고 나아갔다.

작지 않은 배임에도 빠른 속도로 나가지 못할 정도로 물살은 꽤나 거친 편이었다.

이를 보고 있노라니 위지극은 자신이 태평촌에서 정말 편안하게 살았구나 하는 생각이 들었다.

물살뿐만이 아니었다.

주위에 있는 사람들.

봇짐에 기대어 자는 사람, 우는 아이를 달래는 아낙.

그들의 얼굴에 담겨 있는 삶의 고난이 그대로 느껴졌다.

하다못해 가장 배 끝 쪽에서 여유로운 표정으로 주위 풍광을 구경하고 있는 수려한 백의를 입은 공자에게서도 그런 기운을 느낄 수 있었다.

위지극은 자신의 어깨에 기대 어느새 잠이 든 우희명을 슬그머니 바라보다 조심스럽게 머리를 쓰다듬었다.

오늘처럼 그녀가 사랑스러워 보인 적이 없었다.

툴툴거리는 모습도, 환하게 웃는 모습도, 그리고 이렇게 잠이 든 모습도 모두가 사랑스러웠다.

'아! 맞다. 생각해 보니.'

위지극은 문득 자신이 강호에 나온 이유가 떠올랐다.

계록서고에서부터 꿈꾸던 것.

아니, 그 이전, 유환이를 보면서 꿈꾸던 게 무엇이었는가?

바로 사랑 아니었는가?

아름다운 사랑을 해보자는 것이 강호에 나온 진정한 이유였다.

'알고 보니 벌써 이룬 거였네?'

위지극의 얼굴엔 허탈한 듯하면서도 즐거운 미소가 떠올랐다.

사연화를 따라 그녀의 청을 들어주라는 게 처음의 임무였고, 그것을 일단 마치고 나서 사랑을 찾을 생각이었는데 어쩌다 보니 사랑을 먼저 해버린 꼴이었다.

'아니, 아니. 아직이야. 진정한 사랑은 혼인으로 완성된다고 했어. 혼인하기 전까진 방심 못해.'

그랬다.

우희명은 적존교주의 딸.

결코 순탄할 리가 없었다.

그런 장해를 모두 이겨내고 혼인까지 이뤄야만 진정 꿈을 이뤘다 할 수 있으리라.

그때였다.

위지극의 눈에 지금 타고 있는 진선보다는 조금 작지만 제법 탄탄하게 생긴 배가 다가오는 모습이 보였다.

그 배 높은 곳에는 붉은 천이 매어져 있었는데, 바람에 나부끼는 통에 자세히 볼 수는 없었지만, 어떤 동물의 문양이 그려져 있는 듯했다.

그와 함께 늙수그레한 선원이 선객들 사이를 지나쳐 배 중앙에 이르더니 카랑카랑한 목소리로 말했다.

"저는 이 배의 부선주로, 선객 여러분들에게 당부의 말씀을 드리겠습니다. 단강을 많이 건너보신 분들은 익히 아시겠지만, 이곳은 해사방의 영역입니다. 해서 단강을 건너기 위해서는 이들에게 통행세라는 것을 지불해야 하는데, 지금이 바로 그 통행세를 걷는 시간입니다."

그의 말이 끝나자 여기저기서 웅성거리는 소리가 들리더니 상인으로 보이는 한 사람이 크게 소리쳤다.

"그럼 우리가 또 돈을 내야 하는 것이오?"

그러자 곳곳에서 불만 어린 목소리가 튀어나왔고, 금세 주변이 시끄럽게 되었다.

이에 부선주가 말을 이었다.

"물론 그럴 리가 있겠습니까? 이미 뱃삯에 모두 포함되어 있으니 여러분들은 따로 내실 필요가 없습니다. 다만 통과의 레인 셈이니 혹 저들에게 흥분하여 대드는 등, 곤란한 상황을 만들지 말아주십사 하고 부탁드리는 것뿐입니다."

"그럼 다행이구려."

부선주의 말이 있고서야 상인은 안도의 한숨을 내쉬었다.

그러나 위지극은 어이가 없었다.

'뭔 소리야, 저게. 뱃삯에 포함되어 있으면 미리 걷은 거잖아. 나중에 걷느냐 처음에 걷느냐 하는 차이밖에 없는데 뭐가 다행이라는 거지?

그야말로 조삼모사의 경우였다.

잠시 후, 해사방의 배가 가까워지자 위지극은 그 천에 그려진 것이 한 마리의 기다란 뱀이라는 것을 알아차렸다.

'이름도 우습네. 여긴 바다도 아닌데 해사방이라니……'

이윽고 배가 지근거리까지 가까워지자 널을 이용해 해사방 사람들이 건너왔다.

그들은 하나같이 소매가 없는 옷에 날이 선 박도를 손에 들고 있었는데, 선객들을 향해 부리부리하게 눈을 흘기는 모습이 마치 먹이를 눈앞에 둔 뱀처럼 보였다.

대략 이십여 명이 건너오고 나자 다시 일단의 사람들이 건너왔다.

한데 그들은 외형부터 처음에 건너온 자들과는 확연히 달랐다.

정갈하게 청의 무복을 입은 그들은 무섭게 눈을 치켜뜨지도 건들건들 거리지도 않았지만, 위지극은 그들이 처음에 나타난 무리들에 비해 훨씬 뛰어난 실력을 갖추고 있다는 사실을 대번에 알 수 있었다.

'저들도 해사방 사람들인가?

위지극이 고개를 갸우뚱거렸다.

부선주는 냉큼 달려오다가 청의 무복을 입을 자들을 힐끗 쳐다보더니 이내 처음 건너온 자들 중 한 명을 향해 다가가며

작은 주머니를 꺼냈다.

"여기 미리 준비했습니다. 시간을 정확히 맞추시는 것을
보니 과연 해사방……."

"오늘은."

"네?"

부선주가 흠칫해서 그를 올려다봤다.

"그것 때문에 온 것이 아니다."

"그… 그럼 무엇 때문에?"

"우린 이분들을 안내하기 위해 왔을 뿐이니 너는 나서지
말거라."

그러면서 청의 무복의 무리들 중 유일하게 자의(紫衣)를 입
은 중년인에게 다가가더니 공손히 허리를 숙였다.

"이 배가 맞습지요?"

자의중년인이 고개를 끄덕였다.

"그렇군."

그의 시선은 배 안에 놓여 있는 많은 나무 상자들 중 하나
에 고정되어 있었다.

그것은 여타 상자들과 비슷해 보였으나 단 한 가지가 달랐
다.

상자를 덮고 있는 붉은 천 한 구석에 금(禁)이라 쓰인 인장
이 찍혀 있다는 것.

자의중년인이 뒷짐을 지며 눈짓을 하자 청의무복의 사내

들이 상자에 다가가려 했다.

"멈추시오!"

그 순간 커다란 소리와 함께 갈의 경장의 중년인이 사람들 사이에서 뛰어나왔다.

그는 다름 아닌 형가량이었다.

"이것은 본인의 물건이오만. 그대들은 뉘시기에 함부로 남의 물건에 손을 대려는 것이오!"

형가량은 자의중년인을 무섭게 쏘아보았다.

"말은 바로 해야지. 거짓을 말하면 쓰나."

자의중년인의 얼굴에 한가닥 기묘한 미소가 떠올랐다.

"거짓이라니?"

"이게 진정 그대의 물건이오?"

형가량은 당당하게 말했다.

"물론이오."

그러자 자의중년인은 미소가 더욱 짙어지며, 의미심장한 목소리로 물었다.

"그럼 그 상자에 안에 든 것이 무엇이오?"

"이것은……!"

순간 형가량은 당황한 기색이 역력했다.

그가 말을 못하고 있자, 자의중년인이 고개를 설레설레 저었다.

"자신의 물건이 뭔지조차 모르는 사람이 어찌 주인이 될 수 있겠소. 안 그렇소?"

"내가 알아요."

"초홍아!"

형가량이 대경하여 소리쳤다.

그러나 형초홍은 아버지가 곤란을 당하고 있는 모습을 가만히 두고 보지 못했다.

그녀는 당당히 가슴을 펴고 말했다.

"여기엔 한 마리의 새가 들어 있어요."

그녀의 말이 떨어지자 주위에 있던 사람들은 의아하다는 표정이었다.

새라면 당연히 새장에 넣어야 하거늘, 저렇게 꽉 막힌 상자에 왜 넣어둔단 말인가.

게다가 여기까지 오는 두어 시진 동안 새소리를 들은 선객은 단 한 명도 없었다.

만약 새가 갇혀 있다면 적어도 작은 울음소리라도 들렸어야 하지 않겠는가.

"하면 그 새는 무슨 새지?"

이어지는 자의중년인의 질문에 형초홍은 부친을 쳐다봤다.

그녀 역시 새의 종류까지는 몰랐던 것이다.

하나 형가량은 잔뜩 찌푸린 표정으로 고개를 저을 뿐이었다.

"새라면 새인 거지 무슨 말이 그리 많아요!"

형초홍은 답답한 나머지 자의중년인에게 버럭 소릴 질렀다.

"크하하하핫!"

갑자기 날카로운 대소가 자의중년인에게서 터져 나왔다.

"재미있군, 재미있어. 크하하하."

그는 한참을 웃어대더니 이윽고 형가량을 쳐다보며 안타까운 듯이 말했다.

"그대는 큰 실수를 했소. 번천수(飜天手) 형가량."

"……!"

"아무리 친우의 부탁이라고는 하나, 이런 위험한 일을 덥석 맡다니 말이오."

'위험한 일?'

형가량은 자의중년인이 자신에 대해 알고 있다는 사실에 놀라면서도 이 일이 왜 위험하다고 하는지 그 까닭은 알지 못했다.

형가량이 상자를 받은 것은 며칠 전이었다.

그는 자신의 가장 친한 지기라 할 수 있는 낙선금장의 장주인 조욱을 만났는데, 그 자리에서 조욱은 그에게 한 가지 부탁을 했다.

하나의 상자를 속히 신양(信陽)의 태화보로 운송해 달라는 부탁이었는데, 형가량이 물건의 정체를 묻자 그는 한 마리의 새라고만 대답했다.

형가량은 조욱의 말속에서 그조차 물건의 정체를 정확히 모른다는 느낌을 받았다. 하지만 차마 친우의 부탁을 거절할 순 없었다.

그래도 혹시나 싶어, 평소 알고 지내던 낙안사도(落雁四刀)와 함께 길을 떠난 것이었다.

다만 한 가지 불안한 것은 마침 딸아이와 동행하던 중이라 함께할 수밖에 없다는 점이었는데, 설마 탈이야 생기랴 싶었다.

한데…….

'큰일이로구나.'

저들의 기세로 보아 오늘 일은 복보다는 화가 많을 성싶었다.

번천수 형가량은 여산 일대에서 세 손가락 안에 드는 뛰어난 고수였으나 상대는 숫자가 많을 뿐만 아니라 결정적으로 그에게는 딸이라는 약점이 있었다.

비록 아비를 도우려 나섰다고는 하나, 만일을 위해 딸의 존재를 감추려 했던 형가량은 난처한 지경에 처하고 만 것이다.

그때였다.

"네놈들은 뭔데 감히 우리 형님을 곤혹스럽게 하는 것이냐!"

"그대들은 누구시오?"

당당하게 걸어오는 네 명의 장한을 보고 자의중년인이 묻자, 그중 구레나룻장한이 자신의 가슴을 탕탕 치며 대답했다.

"우리는 도에 살고 도에 죽는 낙안사도다."

"낙안사도?"

"그렇다. 그러는 네놈들은 누구냐? 자고로 사내라면 정체를 숨기지 않을 터."

"크크크."

자의중년인의 입에서 마른 웃음소리가 새어 나왔다.

그는 한참을 큭큭대더니 느닷없이 해사방의 무리 중 우두머리를 쳐다봤다.

"어떻소. 당신네들의 솜씨를 보고 싶소만."

"그… 그게……."

지목을 받은 자는 말을 더듬었다.

그는 해사방의 부방주 왕취였는데 속으로 욕지기를 쏟아 내고 있었다.

'저 빌어먹을 새끼가…….'

사실 해사방은 그리 큰 방파가 아니었다.

고수 또한 방주 한 명일 뿐, 왕취를 비롯한 나머지들은 삼류나 겨우 될까 한 자들이었다.

그런 해사방이 수적질을 할 수 있는 것은 오직 방주의 수완이 뛰어났기 때문이다.

그러니 얼핏 보아도 무시무시해 보이는 구레나룻장한을
왕취가 상대할 수 있을 리 없었다.

그러나…….

저 사내를 대하던 방주의 태도를 기억할라치면 도저히 거
역할 엄두가 나지 않았다.

방주는 마치 그를 상전 모시듯 했던 것이다.

'저 새끼 정체가 대체 뭐길래.'

방주는 말해주지 않았다. 오직 명을 따르라고만 말했을 뿐
이다.

"하하하, 우리가 겁이 나나 보군. 직접 나서지 못하는 것을
보니 말이야."

장한이 조롱하듯 말했으나, 자의중년인은 여전히 태연한
모습으로 왕취를 쳐다보며 웃고 있었다.

"뭐 하시는가? 어서 저 주둥이를 막아주지 않고?"

왕취의 얼굴이 일순 와락 구겨졌다.

'젠장!'

"얘들아! 쳐라!"

그의 입에서 명이 떨어지자, 와! 하는 소리와 함께 해사방
의 무리가 사방에서 달려들었다.

기세 좋게 박도를 휘두르며 덮쳐 가던 그들. 그러나 결과는
왕취도 예상한 바였다.

쿵, 퍽. 와자작.

"으악!"

"켁!"

요란한 소리가 들리더니 이내 잠잠해졌고, 낙안사도 주위로 십여 명이 넘는 해사방의 무리가 얼굴이 뭉개진 채로 드러누워 있었다.

오직 명을 내린 왕취만이 오만상을 찌푸린 채 서 있었다.

"그대는 왜 덤비지 않는가?"

자의중년인이 물었다.

"그건……."

"어허, 사내가 되어 왜 이리 겁이 많은가? 지든 이기든 한번 휘두르고 죽어야 그래도 체면이 서지 않겠나?"

"네? 주, 죽다니요?"

왕취의 얼굴이 순간 사색이 되었다.

이자가 지금 대체 무슨 말을 하고 있는 것일까?

왕취는 머리가 어질어질할 지경이었다.

"뭐, 그대가 정 하기 싫다면야 나도 말릴 수가 없군. 다만……."

그의 말이 끝나는 순간이었다.

퍼억!

섬뜩한 소리와 함께 왕취의 머리가 산산이 부서져 허공으로 흩날렸다.

"그 대가는 치러야겠지."

이어지는 그의 음성은 담담하기 짝이 없었다.

"……!"

대한들은 경악 어린 눈빛으로 자의중년인을 쳐다봤다.

"잔악한!"

"뭘 이런 걸 가지고 그러시나. 무림이란 원래 언제 죽을지 모르는 험난한 곳이거늘."

진노한 대한들이 막 출수하려 할 때였다.

"하하하하."

어디서 낭랑한 웃음소리가 들려오더니 갑자기 그들 사이에 한 사람이 불쑥 나타났다.

'어, 저 사람?'

위지극은 그가 배 한쪽에서 풍광을 즐기던 백의공자임을 알아봤다.

그는 만면에 웃음을 띠며 사위를 훑어보더니 자의중년인에게서 시선이 멈췄다.

그의 표홀한 신법을 본 자의중년인의 표정이 미미하게 굳어지고 있었다.

그의 신법이 결코 예사의 것이 아니라는 것을 알아보았기 때문이다.

"과연, 수령마태(水靈魔颱)의 독수는 무섭구려."

"수령마태?"

"수령마태!"

　백의공자의 말이 떨어짐과 동시에 형가량과 낙안사도가 놀라 소리쳤다.

　수령마태 사부의(査赴辰).

　그는 강호에 이름을 모르는 자가 없을 정도로 유명한 인물이었다.

　왜냐하면 그가 바로 장강에 터전을 둔 서른두 개의 수로채가 모여 형성한 장강수로채 다섯 명의 부채주 중 하나였기 때문이다.

　천하의 수적들 중 가장 무섭고도 강대한 장강수로채.

　그곳의 부채주라는 것은 그것만으로도 대단한 것이었으나, 수령마태는 그중에서도 가장 악랄하고도 뛰어난 무공을 지녔다고 알려져 있었다.

　"아, 저 사람이."

　"아는 사람이야?"

　장내의 소란에 깨어난 우희명이 중얼거리는 소리에 위지극이 물었다.

　"응, 예전에 아버지가 말씀하신 적이 있었어. 그는 수적이라기보다는 마도에 가깝다고."

　"너희 아버지가 관심을 보일 정도였으면 대단한 사람인가 보네?"

　"글쎄, 그냥 뭐, 이름을 알 정도지. 그렇다고 우리 교에 끌어들이거나 하실 생각은 없어 보였는데."

"그래?"

어찌 됐든 적존교주의 눈에 띄었을 정도면 뛰어난 고수임에는 틀림없었다.

때문에 위지극은 상황을 보아 나서려던 것을 잠시 미뤄두었다.

이는 그가 고수라는 것도 한몫했지만, 그런 그의 신분을 파악했으면서도 당당히 나선 저 백의공자에 대한 호기심이 일었기 때문이다.

"댁은 또 뉘신지?"

사부의가 묻자 백의공자는 허리에 끼어져 있던 백화선을 꺼내 들며 느긋하니 입을 열었다.

"본인은 남궁무한이라 하오."

순간 사부의의 눈이 가늘어졌다.

"그대가 뛰어난 인물들이 많은 남궁가에서도 개세지재(蓋世之才)라 평가받는다는 그 남궁무한이오?"

"개세지재까지는 아니더라도 기린아(麒麟兒) 정도는 되는 그 남궁무한이 바로 나요."

형가량은 사부의의 정체를 알 때보다 더욱 놀랍다는 눈초리로 남궁무한을 쓸어봤다.

남궁무한은 천하육대세가 중에서도 수위를 다투는 남궁세가의 차남이었다.

그러나 그 무공과 기지가 뛰어나 차기 가주로 지목받는 인물이었다.

다만 한 가지 흠이 있다면 언행이 다소 가볍다는 소문이 있었는데, 이렇게 직접 보게 되니 과연 소문 그대로였다.

우희명도 형가량이 느낀 것과 비슷한 느낌을 받았는지 한마디 했다.

"뭐야, 저거. 재수없게."

"그래도 자신있어 보이고 좋잖아."

"저게 좋아? 넌 나중에 절대 그러지 마."

"흐흐흐, 또 모르지."

위지극의 괴상한 웃음에 우희명이 눈을 흘겼다.

한편 형가량은 정신이 없었다.

이 크지 않은 배에 왜 이렇게 많은 고수들이 있단 말인가.

설마하니 저 상자 안에 든 새 한 마리가 그리 귀하다는 뜻인가?

남궁무한의 등장에 오히려 형가량은 걱정이 앞섰다.

그러나 그의 걱정은 잘못된 것이었다.

남궁무한은 그저 우연히 이 배에 오르게 된 것이지 딱히 그의 물건을 노리고 온 것이 아니기 때문이었다.

하나 그런 사실을 모르는 형가량은 불안하기만 했다.

"한데, 내게 무슨 할 말이라도 있는 것이오?"

"할 말이야 많소만……."

사부의의 물음에 남궁무한은 머리가 떨어져 나간 왕취를

힐끗 쳐다보며 말을 이었다.

"동료고 뭐고 없군그래."

순간 사부의의 입꼬리가 슬며시 치켜 올라갔다.

"겨우 그 말을 하기 위해 나선 것은 아닐 테고."

"아, 물론 그렇지 않소."

남궁무한은 고개를 한 번 젓고는 다시 사부의에게 시선을 주었다.

"보아하니 저 상자 안에 든 물건이 탐이 나는 모양인데, 아무리 그래도 이렇게 무작정 빼앗으려하면 되겠소?"

"……."

"적어도 강탈을 하려거든 인적이 드문 곳에서 하는 게 정석 아니오? 그래야 보는 눈도 적을 테니 말이오. 또한 듣자하니 태화보로 가는 물건인 듯한데, 그곳과 원한을 맺으면 당신네들도 꽤나 골치 아파지지 않겠소?"

태화보는 강호삼보 중 하나로서 육대세가에는 다소 미치지 못하지만 그렇다고 해서 결코 무시할 수 있을 만큼 만만한 곳도 아니었다.

태화보와 장강수로채가 격돌한다면 장강수로채 역시 막대한 타격을 받을 수 있었다.

"그대는 우리에게 수적질하는 방법을 가르쳐 주러 나선 것이오?"

사부의의 말에 위지극은 웃음이 나오려 했다.

보아하니 저 남궁무한이라는 자는 상자 안에 든 물건에 대한 호기심 때문에 끼어든 듯한데, 엉뚱한 소리만 늘어놓고 있었다.

"어허, 오해하지 마시오. 그러한 이유들이 있으니 정 물건이 탐이 난다면 태화보의 수중에 들어간 다음 시도해 보라는 말씀이오. 이분은 물건의 주인도 아니지 않소."

사부의는 남궁무한을 지그시 응시했고, 그의 얼굴에 예의 감돌고 있던 미소는 어느새 씻은 듯이 사라져 있었다.

'설마?'

남궁무한은 그의 눈빛에서 무언가를 읽어냈다.

그것은 바로 무시무시한 살의였다.

"너는……."

사부의의 입에서 반말이 튀어나왔다.

"그런 것을 걱정할 필요가 없다."

"……."

"태화보의 귀에 나의 행적이 들어갈 리 없기 때문이다."

"나를 포함한 이렇게 많은 증인들이 있는데 어찌……."

"그리고 너의 남궁세가 역시 마찬가지."

"……?"

"네가 어디로 사라졌는지 영원히 모를 것이다."

그의 말에 형가량과 낙안사도가 눈을 크게 떴다.

그러니까 결국, 여기 있는 모든 사람을 죽이겠다는 말이지 않은가?

그러나 남궁무한만은 여전히 침착했다.

"오호, 대단한 자신감이오. 과연 당신에게 그럴 재주가 있는지 모르겠소."

바로 그때였다.

"하하하하, 네놈은 그런 걱정할 필요없다 하지 않았느냐."

어디선가 뱃전을 울리는 고함 소리가 들려오더니 해사방이 타고 온 배에서 세 개의 인영이 날아올랐고 순식간에 진선에 다다른 그들은 사부의 옆에 가볍게 내려섰다.

한 사람은 도집도 없이 커다란 대도를 허리에 찬 대머리 늙은이였고, 또 다른 사람은 깡마른 몸에 쌍극을 쥐었으며, 나머지 한 명은 빈손이기는 하되 양손 전체가 시커먼 것이 무서운 장공을 익혔을 법한 자였다.

'이들은……!'

남궁무한의 얼굴에 언뜻 불안함이 스쳐 갔다.

그는 새로 나타난 세 사람의 용모를 보고 그들의 정체를 짐작했기 때문이다.

하지만 애써 태연하게 입을 열었다.

"이렇게 한자리에서 장강수로채의 부채주 넷을 한꺼번에 보게 되다니, 정말 놀라운 일이구려."

"흐흐흐, 그놈 참. 뚫린 입이라고 잘도 조잘대는구나. 지금 속으로는 꽁무니를 빼고 싶을 텐데."

“그러게 말입니다, 형님. 오줌을 질질 싸고 싶은데도 그놈의 체면이 뭔지 애써 참고 있는 모습이 역력하지 않습니까?”

대머리 늙은이가 실실 웃으며 말하자 옆에 있던 깡마른 노인이 뒤를 이었다.

“하하하, 말씀들이 과하시오.”

“괜찮아, 괜찮아. 곧 명줄이 끊어질 놈이니까.”

“당신들은 본인과 더불어 본 가를 너무 우습게 보는구려.”

“헛소리 집어치우거라. 지금 이 자리에 네놈의 아비가 있다 한들 우리가 눈 하나 깜짝할 성싶으냐?”

“감히!”

남궁무한의 눈이 매섭게 치켜 올라갔다.

부친의 욕을 하는 데에야 천하의 남궁무한도 동요하지 않을 수 없었다.

第三十八章
수상격전(水上激戰)

　남궁무한의 신형이 사라진다 싶은 순간 어느새 대머리노
인 옆에 나타났다.

　파앗!

　그리고 꼿꼿이 접은 그의 백화선은 노인의 허리를 노려가
고 있었다.

　"이늠 봐라?"

　노인은 옆으로 몸을 비틀며 대도를 쥐었고, 재차 찔러오는
백화선의 옆구리를 향해 휘둘렀다.

　"흥!"

　그러자 곧게 찔러오던 백화선이 기묘하게 흔들린다 싶더

니 갑자기 노인의 목줄기로 선회했다.

절묘한 변초!

그러나 대머리노인도 만만치 않았다.

대성을 터뜨리며 허리를 뒤로 젖혀 피해내더니 그대로 남궁무한의 아랫도리를 후려차 오는 게 아닌가.

"차앗!"

남궁무한의 신묘한 신법이 발휘된 것은 그때였다.

대머리노인의 차오는 다리를 밟고 그 힘을 빌어 허공으로 신형을 솟구친 것이다.

순식간에 삼 장을 날아오른 남궁무한은 왼손을 쫙 펴 땅을 향해 내리찍었다.

휘아앙!

'헛!'

대머리노인은 대경실색했다.

장력이 채 미치지도 않았건만 천근같은 압력이 가슴을 압박해 왔기 때문이다.

그는 반쯤 허리가 뒤집어진 상태에서 도로 바닥을 찍고 그 힘을 빌어 옆으로 피했다.

그러나,

쾅! 콰직!

완전히 피해내지 못하고 오른쪽 어깨를 강타당하고 말았다.

"큭!"

그는 어깨를 감싸 쥐며 바닥을 데굴데굴 굴러 간신히 옆으로 비껴난 후 벌떡 일어섰다.

그의 얼굴에는 식은땀이 흐르고 있었고, 그가 서 있던 자리에는 커다란 구멍이 뚫려 있었다.

'어린놈이 어디서 저런 무서운 장력을!'

"이놈!"

대머리노인이 잠시 넋이 나가 있을 무렵, 이번엔 깡마른 자가 노호성을 터뜨리며 남궁무한에게 달려들었다.

그는 쌍극을 이리저리 휘두르고 있었는데, 그때마다 세찬 바람이 배 안에 몰아쳤고, 뒤이어 흑수의 대한이 가세하자 그 흉험함은 이루 말할 수 없을 정도로 무서워졌다.

남궁무한도 두 명을 상대하는 것은 벅차는지 조금씩 뒤로 밀리고 있었다.

"빌어먹을."

남궁무한은 정신없이 신형을 놀려대면서도 욕지기를 내뱉었다.

"부끄럽지두 않수!"

"뭐가 말이냐?"

"나이도 먹을 대로 먹은 늙은이들이 후기지수에 불과한 나를 이처럼 합공하고 있으니 말이오. 이 어찌 후안무치한 일이 아닐 수 있겠소."

"크하하핫, 뭔 헛소리를 지껄이느냐?"

"이건 강호 도의에 어긋날 뿐만 아니라, 길이길이 남아 후세에 욕보일 일이오."

"이놈이?"

노인의 쌍극이 더욱 매서워졌다.

찌익.

결국 남궁무한의 백의가 한 치쯤 찢어졌다. 그럼에도 남궁무한의 입은 쉬지 않았다.

"당신의 아비가 이러라고 당신을 낳았소? 당신 사부도 제자의 이런 부끄러운 모습을 보게 된다면 혀를 빼물고 죽었을 것이오!"

"이 개 같은 놈이!"

극을 쓰는 노인의 얼굴이 시뻘겋게 달아올랐다.

"주둥이를 갈가리 찢어주마."

"어디 한번 찢어보시오."

"오냐, 내 못할 것 같으냐!"

"노호! 침착하시오!"

흑수의 대한이 외쳤으나 깡마른 노인은 이미 남궁무한의 얼굴을 향해 쌍극을 후려쳐 가고 있었다.

'걸렸구나!'

남궁무한의 눈이 한순간 번뜩였다.

그의 머리가 갑자기 깡마른 노인의 시야에서 사라져 버

렸다.

'엇!'

노인은 극이 헛되이 허공을 가르는 순간에야 자신의 실태를 깨달았다.

그러나 이는 한참이나 늦어 그의 겨드랑이는 백화선에 무방비로 격타당할 상태였다.

"어딜 감히!"

그 순간 어디선가 나타난 대도가 남궁무한의 왼다리를 노리고 휘둘러져 왔다.

'젠장!'

남궁무한의 이마에 핏발이 섰다.

그대로 백화선을 찔러간다면 깡마른 노인의 폐부를 뚫을 수 있을 것이나, 다리가 잘리는 것은 피할 수 없었다.

이는 남궁무한으로서는 살을 주고 뼈를 깎는 것이나 다름없었다.

왜냐하면 그가 공력이 엇비슷한 두 명을 상대하면서도 버틸 수 있었던 것은 오로지 뛰어난 신법의 힘이었기 때문이다.

결국 그는 백화선을 거두고 옆으로 몸을 빼는 수밖에 없었다.

남궁무한이 비켜나자 목숨이 위태로웠던 깡마른 노인은 그제야 한 움큼 땀을 훔쳤다.

강호에서 굴러먹은 지가 몇 해인데 새파란 놈의 어쭙잖은 수작에 놀아나다니, 낯부끄러워 고개를 못 들 지경이었다.

"고맙네."

"어서 한번에 들이쳐 없애 버립시다. 시간이 많이 지체되었소."

"그러세."

남궁무한은 그들의 수작을 보고 있자니 울화가 터질 것 같았다.

'정말 뻔뻔한 자들이네.'

그들은 정말로 세 명이서 합공을 할 듯 거리를 좁혀오고 있었다.

남궁무한이 아무리 남궁세가에서도 첫째가는 기재라고는 하나 장강수로채의 부채주 셋을 상대로는 승산이 없었다.

이를 관심 어린 눈초리로 지켜보고 있던 우희명이 위지극의 옆구리를 쿡쿡 찔렀다.

"저 사람, 안 도와줄 거야?"

"글쎄, 생각 중이야."

"생각 중?"

"응, 왠지 저 사람. 집에서 말썽깨나 피울 것 같아서. 좀 더 지켜볼라고."

"핏, 남말 하시네. 너는 집에서 조용한가 보지?"

"당연하지. 난 절대 엄마 속도 안 썩이고 얌전해. 내가 얼마나 효잔데."

위지극은 내심 움찔했지만, 시치미를 떼고 그럴듯한 표정을 지으며 대답했다.

"얼굴에 다 써 있구만, 거짓말은."

"아무튼! 난 좀 더 기다릴 거야. 그리고 불쌍한 사람은 저 백의를 입은 남자가 아니라 형가량 아저씨야. 저 형은 남의 일에 괜한 호기심 때문에 끼어들다 당한 거지만, 아저씨는 친구를 도와준 것밖에 없잖아."

"그렇긴 하네."

우희명이 수긍하듯 고개를 끄덕였다.

어찌 보면 남궁무한은 스스로 화를 자초했다 할 수 있었다.

"그래서 도와주더라도 저 아저씨를 먼저 도와줄 거야."

"네 맘대로 해. 근데, 저거 봐봐. 슬슬 준비해야겠는걸."

"어?"

우희명의 손가락을 쫓아 위지극이 바라보니 장내의 상황은 어느새 변해, 낙안사도와 형가량이 청의 무복을 입은 사내들을 맞아 싸우고 있었다.

형가량은 번천수라는 자신의 별호에 걸맞게 하나의 수법을 전개하고 있었는데, 그 수법이 매우 독특했다.

거침없이 도를 휘두르는 청의무인에게 최대한 접근하여 손바닥을 짧게 뒤집었다 폈고, 그때마다 펑! 하는 소리와 함께 상대가 쓰러졌다.

그는 청의무인들에 비해 확실히 우월한 실력을 가지고 있

어 비교적 느긋이 상대하는 데 반해 낙안사도는 그렇지 못했
다.

그들은 각기 한 명씩 상대를 하면서도 우위를 점하지 못하
고 오히려 수세에 몰리고 있었다.

대신 기합 소리만은 쩌렁쩌렁하여 절정고수 못지않았다.

"뒈져라!"

"이야아!"

"도는 그렇게 헛되이 휘두르는 것이 아니다!"

그들을 상대하는 청의무인들은 귀를 틀어막고 싶은 심정
이었다.

그때였다.

콰당!

청의무인들에게 밀려 뒷걸음질치던 낙안사도 중의 한 명
이 그만 발을 헛디뎌 쓰러지며 상자를 덮쳤고, 그 바람에 금
이라 적힌 인장이 찢어지며 상자가 드러났다.

"죽어라!"

상자 위에 엉거주춤 쓰러져 있는 낙안사도를 보자 그동안
에 쌓인 노기를 풀기라도 하듯 청의무인이 크게 소리치며 도
를 내리찍었다.

"안 돼!"

느긋이 상황을 지켜보고 있던 사부의가 놀라 소리쳤다.

하지만 이미 늦었다.

콰직!

다행히도 낙안사도는 피해냈으나 그 바람에 상자가 찢겨져 나갔고, 그 안이 훤히 드러났다.

"어!"

순간 위지극은 자신도 모르게 벌떡 일어섰다.

상자 안에는 폭이 두 자 정도 되어 보이는 철창이 있었는데, 그 안에는 과연 새 한 마리가 얌전하게 누워 있었다.

이리저리 신형을 움직이며 정신없이 협공을 막아내고 있던 남궁무한도 어느 틈엔가 고개를 돌려 그 새를 바라보았다.

"저… 것!"

형가량이 그것을 알아보고 소리쳤다.

"신박청응!"

"하하하하! 과연, 과연!"

남궁무한은 크게 밀리고 있는 와중에도 대소를 터뜨렸다.

"지체 높으신 당신네들이 왜 이 먼 곳까지 왔는지 알 만하군그래. 하하하."

"닥쳐라!"

대머리노인이 소리쳤으나 남궁무한의 입을 막진 못했다.

"노린 것이 신박청응이라면 당신들 부채주뿐만 아니라 채주가 직접 나서도… 아니, 아니지. 장강수로채가 전부 나선다 해도 하등 이상할 게 없지."

남궁무한은 무엇이 그리 좋은지 웃어대고 있었지만, 정작 당사자라 할 수 있는 형가량은 앞이 캄캄해졌다.

'자네는 대체 나에게 무슨 짐을 지운 겐가.'

그는 친구를 원망할 수밖에 없었다.

그럴 수밖에 없는 것이 신박청응은 천하팔대영물(天下八大靈物) 중에서도 첫 번째에 위치하는 진귀한 영물이었기 때문이다.

이미 이백여 년이 넘게 세상에 나타나지 않은 신박청응.

신박청응은 매의 일종이나 일반적인 매와는 수명부터가 달랐다.

적게는 수백 년, 길게는 천 년에 이른다.

영특할 뿐만 아니라 날쌔고도 강해 금수의 왕이라 칭해도 한 치 모자람이 없다.

하나 이런 것은 모두 부수적인 것일 뿐, 진정한 신박청응의 가치는 그것이 지닌 영단에 있었다.

신박청응은 그 긴 시간 동안 하늘의 양기와 땅의 음기를 고루 축적한다.

다른 천하팔대영물이 양기와 음기 중 한 가지만 축적하는 것에 비한다면 왜 신박청응이 첫째가 되었는지 이해할 수 있는 대목이다.

때문에 그 영단은 무림인에게 있어 꿈에서도 그리는 기보 중의 기보였다.

양공과 음공 모두에 내력을 증진시키는 효과가 있을 뿐만 아니라, 복용하는 자의 수명도 늘려주었다.

단번에 삼류무사를 절세고수로 탈바꿈시키는 신비의 영단.

그것이 바로 신박청웅의 영단인 것이다.

‘조욱! 낙선금장은?’

형가량은 별안간 친우의 일이 걱정됐다.

뭔가 앞뒤가 맞지 않았다.

신박청웅은 기보 중의 기보다.

그런 귀한 물건을 왜 자신을 통해 옮긴 것일까?

이런 일에는 명망있는 표국을 이용하는 것이 훨씬 안전하지 않나?

“어떻게 나를 찾았소?”

형가량은 사부의를 쳐다봤다.

“제법 허허실실의 수를 쓰려 했지만 우리에겐 어림없는 수작이지.”

‘역시.’

형가량은 그의 말에서 확신했다.

가짜 신박청웅을 운반하는 여러 사람이 있으리라 사실을.

운이 없게도 자신이 진짜 신박청웅을 운반한 것뿐이었다.

“하면 낙선금장은 어찌 됐소?”

사부의는 무심하니 대답했다.

“진정 몰라서 묻는 것은 아닐 테지?”

형가량은 눈을 꾸욱 감았다.

그들은 모두 죽임을 당한 것이다.

이들은 그러고도 남을 위인들이었다.

형가량이 친우의 죽음을 애도하고 있을 때 위지극은 커다란 눈으로 신박청웅을 바라보고 있었다.

하지만 위지극이 놀라 일어선 것은 신박청웅의 귀함을 알아봤기 때문이 아니었다.

그는 신박청웅이란 말도 오늘에서야 처음 들었다.

"유환!"

그것은 철창 속에 갇혀 있던 매가 태평촌의 유 아저씨가 기르던 유환이었기 때문이다.

위지극은 정신없이 철창으로 뛰어갔다.

"감히 어딜!"

이에 청의무인 중 한 명이 위지극의 앞을 막아서더니 그대로 도를 내려쳤다.

"피하게!"

"어맛!"

형가량이 놀라 소리치고, 형초홍은 위지극이 두 쪽으로 쪼개지는 모습이 보이는 듯 착각이 들어 두 눈을 가렸다.

그런데,

"저리 꺼져!"

위지극의 말이 채 끝나기도 전에 쾅! 하는 소리와 함께 도가 산산이 부서지더니 허공으로 비산하는 게 아닌가?

그리고 도를 휘두르던 청의무인은 비명도 지르지 못하고 배 밖으로 십여 장을 날아가 강물에 떨어졌다.

"……!"

"엇!"

순간 장내에 싸늘한 정막이 흘렀다.

놀라 소리치던 형가량도, 서로 치열하게 공수를 주고받던 세 명의 부채주와 남궁무한도, 그리고 장내를 주시한 채 별다른 행동을 취하지 않던 수령마태 사부의도 두 눈을 부릅뜬 채 위지극을 바라보고 있었다.

위지극의 일장을 제대로 본 사람은 이 자리에 아무도 없었다.

다만 장력에 격타당하는 순간 청의무인이 즉사했으리라는 사실만은 모두가 알았다.

"유환! 괜찮아? 응?"

하지만 정작 위지극은 주위의 시선이 눈에 들어오지도 않았다.

그는 창살 사이로 손가락을 집어넣어 신박청웅을 쿡쿡 찔러대고 있었다.

"이보게."

사부의가 먼저 정신을 차리고 입을 열었다.

"그건 우리 물건이야. 함부로 손을 대면……."

"시끄러!"

위지극이 버럭 고함을 쳤다.

그는 서슬 퍼런 눈으로 사부의를 쏘아보며 씹어 먹듯이 말했다.

"만약, 유환이에게 탈이라도 생겼으면 당신부터 죽일 거야. 그다음에 저 늙은이들이고, 그다음이 장강수로채야. 알아들어? 그리고 그다음이……."

위지극은 형가량과 형초홍을 쳐다보다가 세차게 도리질을 했다.

사실 유환을 운반하고 있던 사람은 그 두 사람이었다.

하지만 그들은 유환의 존재 자체를 몰랐으니 탓할 수 없는 노릇이었다.

게다가…….

"약 줬으니까 없던 셈으로 칠게요."

형가량은 무시무시한 위지극의 눈빛에 한순간 숨이 덜컥 멈췄으나, 이어지는 그의 말에 자신도 모르게 안도의 한숨을 내쉬었다.

위지극은 이리저리 철창을 만지다가 어떻게 여는지 알 방도가 없자 양손으로 쥐고 펴려 했다.

"하! 어리석은 놈. 그건 만년철금으로 만들어져 있어 힘으로는 제아무리……."

사부의는 뭔가를 말하다 말고 점차 눈을 크게 떴다.

만년철금으로 만든 창이 점점 휘어지고 있었던 것이다.

이어 엿가락처럼 휘어지던 철창이 어느 순간 더 이상 견디지 못하더니 뚝, 하고 부러져 나갔다.

'저런, 미친!'

위지극은 유환을 안아 들었다.

가슴에 귀를 대보자 조그맣게 심장이 뛰는 소리가 들렸고, 미약하긴 했으나 숨도 분명 쉬고 있었다.

'휴우……'

살아 있다는 사실이 무엇보다도 다행이었다.

'그나저나, 네가 왜 여기 있는 거야?

유 아저씨와 떨어지는 것을 한 번도 보지 못했는데, 불쌍하게도 이렇게 먼 곳까지 잡혀와 철창에 갇혀 있는 신세가 되다니.

위지극은 불현듯 노기가 치밀었다.

그는 조심스럽게 우희명에게 유환을 건네주고는 사정을 알 만한 형가량에게 다가갔다.

"누구예요?"

하지만 그가 알 턱이 없었다

그가 고개를 젓자 이번엔 사부의를 쏘아봤다. 네가 대답하라는 뜻이었다.

사부의는 묵묵히 위지극을 바라보았다.

도대체 어디서 나타난 놈일까?

어디서 튀어 나온 놈이기에 방금 전과 같은 한 수를 펼칠
수 있는 것일까?

사부의는 머리를 굴려봤으나 그의 넓은 강호 경험으로서
도 좀체 상대의 정체를 짐작하지 못했다.

게다가 신박청웅을 이름으로 불렀다.

신박청웅은 사람을 따르지 않는다. 고고하기 짝이 없어 사
람을 손아래로 취급한다.

그런 신박청웅에 주인이 있다니, 결코 믿을 수 없는 일이었
다.

"그걸 네가 알 필요있겠느냐?"

"알아야겠다. 어느 놈이 유환에게 손을 댔는지 반드시 찾
아내 철창에 가둬놓을 거야."

위지극은 반말을 서슴없이 내뱉었다.

"버르장머리없는 놈. 가소로운 무공 몇 수 익혔다고 기고
만장하구나."

"가소로운 무공인지 아닌지 시험해 볼 거야?"

"오냐."

그가 천천히 장내로 걸어나왔다.

부채주 중에서도 가장 잔악하고 높은 무공을 지니고 있어
수령마태라 불리우는 사부의가 처음으로 손을 쓰기로 작정한
것이었다.

이에 따라 장내의 모든 싸움이 멈추었다.

그들은 어이없게도 오늘의 일이, 갑자기 나타난 소년과 사부의와의 결전으로 마무리되리라는 사실을 어슴푸레 느끼고 있었다.

그도 그럴 것이, 사부의가 승리한다면 나머지 부채주들에게 밀리고 있던 남궁무한이나, 청의무인들마저 이겨내지 못한 낙안사도는 죽은 목숨이나 다름없었다.

비록 형가량이 남긴 했으나 그가 사부의를 감당치는 못할 것이었다.

모든 사람의 시선이 오직 그 둘에게 집중됐다.

신박청웅과 전혀 상관없는 선객들도 마찬가지였다.

그들은 사부의가 이전에 했던 말을 똑똑히 들었다.

증인을 남기지 않겠다는 말. 결국 소년이 지면 자신들의 목숨도 사라지리라는 것을 알고 있었다.

모두가 그렇게 가슴을 졸이고 있을 무렵, 오직 우희명만이 품에 안긴 유환을 쓰다듬으며 태평스런 모습이었다.

위지극은 반 장 거리까지 다가온 사부의를 보며 입을 열었다.

"어떻게 해줄까?"

"뭐라?"

"말도 못 알아듣나? 어떻게 죽고 싶냐고."

사부의는 기가 차서 말문이 막혔다.

그가 언제 이런 꼴을 당해보았던가?

상대는 강호의 노련한 고수도 아니고 새파랗게 어린놈이
었다.

사부의는 애써 노기를 눌러 참으며 검을 뽑았다.

상대가 보여준 한 수는 자신으로서도 결코 방심할 수 없는
것이었다.

"허허, 일단 내 검을 받아보고 나서 다시 묻거라."

"그러지."

위지극이 대수롭지 않게 대답하자 오히려 당황한 것은 사
부의였다.

"방금 뭐라 했느냐?"

"아, 정말 똑같은 말을 몇 번이나 하게 만드네."

위지극은 슬슬 짜증이 치밀었다.

"빨리 그 잘난 당신의 검법이나 보자고!"

사부의의 안면이 무섭게 일그러졌다.

"오냐. 보여주마!"

그의 말이 끝나는 것과 동시에 검이 번개처럼 움직였다. 그
리고…….

푸욱!

"……!"

"아악!"

뼈와 살이 갈리는 섬뜩한 소리와 여인의 비명이 뒤를 이었
다.

“이… 이게…….”

위지극의 얼굴을 바라보는 사부의의 눈이 쉼없이 흔들리고 있었다.

그는 마치 귀신을 본 것처럼, 말소리가 떨리고 있었다.

그의 검은 위지극의 가슴을 그대로 관통한 채였고, 그의 손은 검파를 쥐고 있었다.

누가 봐도 사부의의 승리였다.

하지만…….

사부의는 분명 보았다.

검이 뼈를 가르는 순간에도 한 점 미동조차 않는 상대의 눈을.

마치 시체를 칼로 찌르는 듯했다.

예의 변함없는 눈빛으로 사부의를 응시하던 위지극이 이윽고 천천히 입을 열었다.

“그럼 이제 당신의 잘난 검법은 봤고.”

그의 입가에 비웃음이 걸렸다.

“이제 어떻게 해줄까?”

“……!”

방금 전에 들은 것과 똑같은 말이었건만, 이를 듣는 순간 사부의는 온몸에 소름이 돋았다.

“그렇지 않아도 요 며칠 수련을 하지 못해서 몸이 근질근질했는데, 마침 잘됐어. 이렇게 도와주니 말이야.”

위지극이 하는 말뜻을 전혀 알아듣지 못하는 사부의는 검을 뽑아내려 했다.

하지만 무엇에 가로막혔는지, 꼼짝도 하지 않았다.

"말 안 하면 내 맘대로 한다."

"헛소리 말아라, 이놈!"

사부의가 버럭 소리칠 때였다.

위지극이 거칠게 몸을 틀자 와드득 하며 검이 두 동강이 났고 그와 동시에 가슴에 박혔던 검이 튀어나왔다.

"어엇!"

사부의는 사색이 되어 신형을 뒤로 물렸다.

그러나 그것보다 빠른 것이 있었다.

번쩍!

눈이 부신 광채가 터져 나왔다.

그리고 그 빛이 사라지고 나자 중인들은 놀라운 광경을 목도할 수 있었다.

사부의가 이마에 자신의 부러진 검을 박은 채 스르르 무너져 내리고 있었던 것이다.

"이……!"

"이보게!"

나머지 부채주들이 대경하여 그를 불렀으나 이미 그는 대답할 수 없는 신세였다.

도저히 믿을 수 없는 현실 앞에 세 명의 부채주는 온몸이 얼어버렸다.

자신들 중 가장 강한 수령마태가 저렇게 어이없이 죽어버리다니.

"다음은 당신들 차렌데, 어떻게 해줄까?"

그들은 화들짝 놀라 서로를 바라봤다.

고민은 잠시였고, 행동은 빨랐다.

어차피 이기지 못할 상대. 괜히 버티어 귀한 목숨을 버릴 이유가 없었다.

휘휘휙!

그들은 번개처럼 신형을 날려 자신들이 타고 왔던 배에 내려서더니 체면도 잊고 마구 소리쳤다.

"빨리, 빨리 출발시켜라!"

"어서 배를 움직이지 않고 뭣들 하느냐!"

그들은 얼마나 급했는지 자신들만 몸을 빼느라 수하들도 잊고 그대로 배를 출발시켰다.

진선에 남은 십여 명의 청의무인은 멀어져 가는 자신들의 배를 멍하니 바라보고만 있었다.

완전히 얼이 빠진 그들을 지켜보는 중인들은 오히려 그들이 불쌍하게 보였다.

"뭐, 저런 게 다 있어?"

위지극도 그들이 도주를 할 줄은 예상치 못했는지라 잠시 어처구니없다는 표정으로 바라보다가 이를 악물었다.

"절대 그냥 안 보내."

그리고는 갑자기 우희명에게 뛰어갔다.

"희명아!"

"……?"

"던져. 할 수 있지?"

"저 배로?"

위지극이 마구 고개를 끄덕이자 우희명이 일어섰다.

그녀는 슬쩍 배까지의 거리를 재본 후 위지극을 뱃전에 세우고는 뒤로 물러섰다.

그리고 달려오던 힘을 빌어 위지극을 집어 던졌다.

휘이이잉!

"잘 갔다 와!"

우희명의 배웅을 뒤로하고 위지극은 십여 장 넘게 허공을 날아가더니 우당탕거리며 해사방의 배에 떨어졌다.

뒤이어 욕지기가 터져 나오고 사방에서 검광이 번쩍이더니, 이내 잠잠해졌다.

중인들은 모두 뱃전에 달라붙어 그 광경을 보고 있었다.

"끝났을까요?"

"모르겠지만, 아마도 그런 것 같구나."

형초홍의 물음에 형가량이 대답했다.

"그런데 왜 안 오죠?"

"글쎄다. 설마 수영을 못하지는……."

“아!”

그 말에 우희명은 정신이 번쩍 들었다.

생전 물 구경을 해보지도 못했는데 어찌 수영을 할 수 있겠는가?

그렇다고 해서 위지극에게 등평도수의 절세신법이 있는 것도 아니었다.

그녀가 발을 동동 구르고 있을 때였다.

갑자기 쾅! 하는 소리가 들려오더니 해사방의 배 한쪽이 와르르 무너져 내렸다.

뒤이어 또다시 굉음이 났고, 이번엔 완전히 산산조각이 나버렸다.

“뭔 배가 저리 쉽게 부서지노?”

누군가가 중얼거리자, 한편에 있던 부선주가 고개를 저었다.

“저건 우리 배보다 훨씬 단단하오. 배를 만들 수 있는 나무들 중 가장 단단한 흑침목을 사용해서 만들었기 때문이지. 그러니……”

그의 뒷말은 듣지 않아도 알 수 있었다.

이에 형가량은 더욱 놀람을 금치 못했다.

흑침목은 그도 알고 있는 나무였다.

그 단단함 때문에 목도나 목검으로 많이 쓰이는 나무였다. 얼마나 단단한지 검과 부딪치면 검이 부러질 정도였다.

‘그런 흑침목을 저리 간단하게…….’

단 두 번의 굉음이 울렸을 뿐인데 배가 수백 조각으로 갈라져 버렸으니, 과연 저런 무지막지한 무공이 존재하나 싶었다.

이제 강물에는 나뭇조각들만 어지러이 흩어져 있었고, 그것들 사이에서 위지극의 위태롭게 서 있었다.

“빨리 안 오고 뭐 해!”

위지극이 소리치자 우희명은 그제야 정신을 차리고 배에서 뛰어내렸다.

물에는 많은 뱃조각들이 떠 있어 우희명은 비교적 손쉽게 위지극에게 다가갔다.

하지만 형가량이나 남궁무한은 지금 보여주고 있는 우희명의 한 수가 얼마나 고절한 것인지를 알 수 있었다.

‘놀라운데?’

신법에 관심이 많은 남궁무한이 눈을 빛냈다.

강의 물살은 꽤 세찬 편이었다.

그런데도 소녀는 단 한 방울의 물도 묻히지 않고 소년에게 다가간 것이었다.

하지만 그가 놀라기에는 이른 감이 있었다.

우희명이 이번엔 위지극을 들쳐 업고 돌아오고 있었기 때문이다.

자신의 몸이야 진기로써 무게를 조절할 수 있다지만, 타인의 무게는 어찌 감당한단 말인가?

배 바로 밑 부분까지 다다르자 우희명은 위지극을 허공으로 던져 올렸다.

그리고 신형을 날리더니 허공에서 그를 다시 잡아챘고, 이후 사뿐하게 배에 내려섰다.

"와!"

"오오!"

그 놀라운 신기에 무공을 모르는 사람들마저 박수를 치며 환호했다.

우희명은 부끄러운지 꾸벅 고개를 숙였다. 그리고 위지극은 유환을 보러 달려갔다.

배 위에서 일어난 소란이 정리되고 있을 무렵, 형가량, 형초홍 그리고 낙안사도가 배 한쪽에서 유환을 돌보고 있는 위지극에게 다가왔다.

"자네에게 미안하면서도 고맙네."

위지극은 형가량을 올려다보며 히죽 웃었다.

"괜찮습니다."

하슈가 형가량에게 울컥하기도 했지만 따지고 보면 그도 피해자였던 것이다.

위지극이 낙안사도를 쳐다보자 그들은 구레나룻대한의 허리를 찔러댔다.

"아, 알았어, 알았어."

그는 마지못해 한 걸음 나서더니 포권을 취했다.

"아까 했던 말은 잊으시게. 자네의 검은 매우 훌륭했다네."

위지극은 슬그머니 웃음이 나왔다.

그가 도를 익혀야 진정한 남자라 말하던 게 생각났기 때문이다.

"도 역시 검 못지않게 좋은 병기예요."

위지극의 한마디에 구레나룻대한의 얼굴에 화색이 돌았다.

"그렇지? 자네도 그렇게 생각하지? 자고로 남자라면……."

"형님, 그만하십쇼. 부끄럽지도 않소!"

주위에 있던 낙안사도들이 급히 그의 입을 틀어막으며 끌어냈다.

위지극은 문득 생각난 것이 있어 형가량에게 물었다.

"제가 유환을 데리고 있으면 혹시 아저씨에게 피해가 가진 않겠습니까?"

어디까지나 운반을 책임지고 있었던 게 그였기에 충분히 가능한 이야기였다.

그리고 태화보에서 어떻게 나올지도 의문이었다.

자신들 것이라고 주장하면 위지극으로서도 이를 반박할 마땅한 증거가 없었기 때문이다.

"원래의 주인이 나타났다 사실대로 말하고 납득을 바라는 수밖에.”

“그렇게 설명하는 게 타당하긴 하겠지만, 글쎄요. 그들이 쉽게 믿어줄지 모르겠군요.”

위지극은 강호를 오래 겪진 않았지만 그래도 대충의 생리는 파악할 수 있었다.

태화보는 아마 물건의 정체를 알고 빼돌린 후, 거짓을 말하고 있다 생각할 게 틀림없었다.

“그거야 할 수 없는 일 아니겠는가?”

형가량은 씁쓸한 미소를 지었다.

그 역시 자신이 어찌 되리라 하는 것을 모르지 않았다.

분명 태화보는 자신을 구금하고 온갖 수단을 다해 고문하리라.

하지만 목숨을 구해준 은인에게 물건을 내놓으라고 할 수도 없는 노릇이었다.

또한 그가 생각해도 소년은 신박청웅의 주인으로 보였다.

위지극은 곰곰이 고민하다가 한 가지 방도를 생각해 냈다.

“그럼 태화보에서 묻거든 이렇게 말하세요. 신박청웅은 금창사가에서 가져갔다고 말이에요.”

“금창사가? 그 육대세가 중 하나인 금창사가 말인가?”

“맞아요. 거기예요.”

형가량은 난처한 기색을 지었다.

“금창사가라면 결코 함부로 할 수 없는 곳이라네. 한데 이런 일에 끌어들여도 괜찮겠는가? 자칫하면 더 큰 화를 부를 수 있다네."

위지극은 빙긋 웃으며 고개를 저었다.

"절대 그럴 일 없을 거예요. 다만 그것이 끝이 아니라 그 뒤가 더 있어요."

"그게 뭔가?"

"금창사가로 가서서 신박청웅의 주인은 태평촌에 사는 인물이라고 하세요. 그리고 그가 원주인에게 돌려준다고 가져갔으니 혹시 태화보 사람들이 와서 따지거든 사실대로 말해주라 하세요. 만약 그래도 고집을 부린다면……."

"……?"

위지극의 눈이 한순간 매섭게 빛났다.

"태평촌에서 태화보로 직접 찾아간다고요."

"그게 끝인가?"

"네."

"태평촌이라… 자네가 그곳에 사는가?"

위지극은 잠시 망설이다 고개를 끄덕였다.

"그랬구면."

형가량은 알겠다는 듯이 대답했지만, 사실 그는 위지극이 하는 말을 전혀 이해할 수 없었다.

결국 태평촌에 사는 사람이 가져갔다는 사실을 자신 대신 금창사가가 말해주는 게 다를 뿐이었다.

하지만 저리 자신있게 얘기하니, 그로서는 한번 믿어보는 수밖에 없었다.

"알겠네. 내 그리 전하지."

그가 신형을 돌려 사라지자 우희명이 넌지시 물었다.

"그래도 돼?"

"금창사가를 끌어들인 것?"

"그것도 그거고, 마을 이름을 말하면 어떻게 해. 태화보에서 정말 찾아가면 어쩌려고?"

이는 태평촌이 성천인지 모르는 우희명으로서는 당연한 질문이었다.

위지극의 준수한 얼굴에 의미 모를 미소가 떠올랐다.

"그럼 정말 재미있어질 거야. 아니, 태화보 입장에서는 재미없는 일이려나? 후후후."

第三十九章
사사의 방문

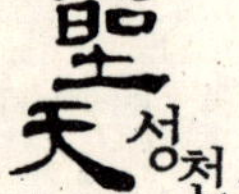

땅거미가 지기 시작하는 저녁.

육문산에서 이십여 리 떨어진 마현에 도착한 위지극과 우희명은 이곳에서 하루를 묵고 다음날 육문산에 오르려고 객잔을 찾아 식사를 하고 있는 중이었다.

한데 그 눌은 음식을 늘면서도 계속 한쪽 구석을 힐끗거리고 있었다.

그들이 바라보는 곳, 거기에는 여유로운 표정으로 차맛을 음미하고 있는 남궁무한이 있었다.

"저 사람, 진짜 뭐야?"

우희명이 볼멘 목소리로 입을 열었다.

“남궁무한이라잖아.”

“그걸 누가 몰라서 물어. 왜 우릴 자꾸 따라오는 거냐고? 짜증나게.”

우희명이 답답하다는 표정으로 물었으나 위지극이라고 해서 남궁무한의 속마음을 알 수 있을 리 없었다.

어제 선상에서의 일이 있고 나서부터였다.

남궁무한은 마치 짝사랑을 고백하기 위해 쫓아다니는 숫총각처럼 두 사람을 졸졸 따라다녔다.

그게 벌써 만 하루째.

말이라도 건네면 그나마 나으련만, 묵묵하니 시야에서 왔다 갔다만 하니 아주 그냥 속이 터질 지경이었다.

“내가 가서 물어볼까?”

위지극이 마지못해 물었으나, 우희명은 인상을 쓰며 고개를 저었다.

“됐어. 괜히 자존심 상해. 궁금한 게 있으면 자기 발로 찾아오겠지.”

“그렇겠지?”

위지극은 잽싸게 대답하고 나서 다시 젓가락을 들었다.

사실 그로서도 먼저 가서 묻는다는 게 썩 내키지 않은 일이었다.

두 사람이 애써 그에 대한 관심을 끊고 식사하려 할 때였다.

"안녕하시오."

위지극은 그 목소리에 고개를 번쩍 들었다.

탁자 바로 옆에 만면에 미소를 띤 채 남궁무한이 서 있었다.

'드디어 찾아왔구나.'

위지극은 너무 기뻐 눈물이라도 날 지경이었다.

우희명도 내색은 하지 않고 있었지만, 그와 마찬가지 심정이었다.

위지극은 짐짓 모른 체하며 말했다.

"무슨 일이라도……?"

"이렇게 다시 만난 것도 우연인데 동석이나 할까 해서 찾아왔소이다. 하하하."

'우연?'

'어디가!'

위지극은 먹던 음식이 목에 걸릴 뻔했다.

우희명도 날카로운 눈으로 그를 쏘아보았다.

"그럼 앉아도 되겠소?"

하지만 남궁무한은 태연자약했고, 위지극은 의자를 내줄 수밖에 없었다.

그는 자리에 앉자마자 위지극과 우희명을 한차례씩 훑어보고는 크게 고개를 끄덕였다.

"이제까지는 나도 꽤 잘생겼다 생각하고 있었소만, 그대에 비하면 정말 태양 앞의 반딧불에 불과하구려. 또한 이쪽의 소저 역시 설부화용(雪膚花容)에 수월폐화(羞月閉花)의 미인이시니, 두 분을 일컬어 마치 용과 봉이 만났다 표현해도 한 점 틀린 말이 아닐 것이오."

'뭔 소리야, 지금?'

아무리 넉살 좋은 위지극이지만 그가 첫 대면에서부터 낯 부끄러운 칭찬을 늘어놓자 기가 막혔다.

그러나 우희명은 달랐다.

슬그머니 입이 벌어지는 것을 보아 내심 흡족한 게 분명했다.

"말씀을 아주 잘하시네요."

"그 무슨 말씀이시오? 나는 그리 언변이 좋은 사람이 못 되오. 아마 벙어리라 할지라도 그대를 보게 되면 입이 트일 것이고, 장님이라 할지라도 눈을 뜰 것이오."

'어라? 점점.'

위지극은 이대로 놔두었다가는 하루 종일 그의 이상한 소리를 들을 것 같아 황급히 끼어들었다.

"저기, 그런데 저희를 찾아오신 용건이 있습니까?"

"아! 물론 있소."

그가 빙긋 웃었다.

"당신, 정체가 뭐요?"

"……?"

위지극이 일시지간 대답을 못하고 있자, 남궁무한이 다시 물었다.

"너무 이상한 질문이었소? 그럼 다시 묻도록 하겠소. 그 검법의 이름이 뭐요?"

"그게 궁금하셨습니까?"

"물론이오. 나 남궁무한은 스물여덟 해를 살아왔지만, 그와 같은 개세지공은 처음 보았소. 그대의 제자가 되어서라도 한 번 배워보고 싶은 게 내 솔직한 심정이라오."

위지극은 속으로 참 얼굴도 두꺼운 사람이라고 생각했다.

어찌 저렇게 자신보다 어린 사람의 제자가 되겠다고 서슴없이 내뱉을 수 있는가?

그것도 강호육대세가에 속한 남궁세가 사람이.

"뿐만 아니라… 아실는지 모르겠소만, 나는 신법에 크게 자신이 있었소. 한데 어제 소저께서 펼치는 신법을 보고 나니 그야말로 나란 존재는 하등 가치가 없는 게 아닐까 하는 의심이 들더이다."

"그러셨군요……."

위지극은 슬그머니 고개를 돌렸다.

점점 더 머리가 어지러워지려 했다.

"해서 당신들 정체가 매우 궁금해졌소. 그러니 제발 내게 말해주시오. 설마……."

"설마?"

우희명이 눈빛을 반짝이며 묻자 남궁무한이 그녀를 바라
보며 말을 이었다.

"설마 적존교와 관련있소?"

순간 우희명의 눈빛이 한차례 크게 흔들렸다.

위지극은 혹시나 그렇다고 그녀가 대답할까 싶어 재빠르
게 먼저 대답했다.

"그럴 리 있겠습니까? 한데 그리 생각하게 된 이유라도 있
는 것인지?"

"물론이오."

그는 크게 고개를 끄덕였다.

"단강을 건너 지금까지 그대들이 지나온 길을 일직선으로
주욱 이으면 바로 육문산에 도달하기 때문이오. 육문산으로
향하는 고수! 그러니 적존교의 인물이라 생각하는 게 당연하
지 않겠소."

위지극은 마주 고개를 주억거렸다.

"그렇게 추측할 수도 있겠군요."

"그럼 한번 대답해 보시오. 내 말이 맞소, 틀리오?"

위지극은 잠시 그의 눈을 응시했다.

그의 눈에는 진심이 담겨 있었다. 그는 정말로 자신들의 정
체가 궁금했던 것이다.

'아무리 그래도 하루를 넘게 쫓아와서 기껏 한다는 질문이
그거라니. 되게 호기심 많은 사람이네.'

　위지극은 그가 한 번 호되게 당했음에도 또다시 남의 일에 끼어드는 것을 보자 정말 철담을 가지고 있다는 생각이 들었다.

　그도 그럴 것이, 그 역시 자신이 위지극의 상대가 되지 못한다는 사실을 알고 있을 게 분명하기 때문이다.

　만약 위지극이 마인이었다면, 그는 죽은 목숨이나 다름없을게 아닌가.

　위지극이 나지막이 대답했다.

　"확실히 우린 적존교와 관련이 있습니다."

　"극아!"

　설마하니 진짜로 밝힐 줄 몰랐던 우희명이 깜짝 놀라 소리쳤다.

　임씨세가는 적존교에게 멸문의 피해를 입었다.

　그런 임씨세가와 긴밀한 관계를 유지하는 남궁세가의 인물에게 정체를 밝히다니.

　"정말이오?"

　"그렇습니다. 다만……."

　"……?"

　"그 이상은 말씀드릴 수 없습니다."

　"아, 그건 걱정하지 마시오. 내 이번에도 맞춰볼 테니."

　그는 잠시 손가락으로 턱을 두드리다가 갑자기 시원한 미소를 지었다.

“알았소, 알았어.”

우희명은 가슴이 철렁했다.

그가 만약 진실을 알아낸다면 한바탕 소란은 피할 수 없으리라.

“당신은 둘 중에 하나요.”

“그 둘이 뭡니까?”

위지극은 호기심이 이는지 조금 그에게 다가갔다.

“적존교주이든지…….”

“말도 안 돼요!”

우희명이 발끈하여 소리치자 남궁무한이 검지를 설레설레 흔들었다.

“잠시만 기다려 주시오. 내 말은 아직 끝나지 않았소. 당신이 만약 적존교주가 아니라면 남은 것은 하나요.”

“……?”

“요즘 들어 가장 강호를 떠들썩하게 하고 있는 인물!”

그는 잠시 말을 멈추고는 의미심장한 미소를 지으며 말을 이었다.

“바로 성천자요.”

위지극은 그를 빤히 쳐다보고 있었다.

“그리 추측한 이유 역시 있겠지요?”

“물론이오. 성천자가 임씨세가에서 무위를 떨쳤다는 사실은 이미 강호에 널리 알려져 있소. 그러니…….”

"네?"

그의 말을 듣고 있던 위지극이 깜짝 놀라 자신도 모르게 소리쳤다.

한데 오히려 어리둥절해하는 것은 남궁무한이었다.

"어라? 모르셨소?"

"……."

"어떻게 모를 수가 있지? 이미 그에 대한 소문이 강호에 파다하거늘."

남궁무한은 설마하니 자신의 짐작이 잘못된 게 아닐까 싶어 고개를 갸우뚱거렸다.

그러나 사실 위지극은 모를 수밖에 없었다.

성천자에 대한 소문은 그가 임씨세가를 떠나기 직전에서야 퍼지기 시작한 것이고, 이곳까지 오는 동안 위지극은 그런 소문을 접할 기회가 전혀 없었기 때문이다.

그런데 문제는 그것이 아니었다.

우희명은 위지극이 성천자라는 사실 자체를 아예 모르고 있었던 것이다.

"방금 뭐라고 하셨죠?"

"임씨세가에서 성천자가 크게 무위를 떨쳤다… 했소만……."

우희명에게서 심상치 않은 기운을 느낀 남궁무한은 자신도 모르게 말끝을 흐렸다.

우희명의 고개가 위지극을 향해 서서히 돌아갔다.

"이게 뭐지?"

그녀는 얼굴에 미소를 띠고 있었지만 그 미소는 잘 갈아놓은 칼처럼 섬뜩함을 풍겼고, 목소리는 냉굴에 부는 바람처럼 서늘하다 못해 차가웠다.

"아, 아니, 그게……."

위지극은 당황하여 말을 더듬었다.

"왜 나는 지금까지 모르고 있었을까?"

"마, 말하려고 했는데, 그동안 적당한 기회가 없어서… 그래서 내일, 아니, 오늘 저녁에 말하려던 참이었어."

"아하! 알려줄 생각이 있긴 했구나?"

"그럼. 무, 물론이지."

"다른 사람들 다 알고 나서?"

"……!"

우희명의 눈이 실처럼 가늘어졌다.

그녀는 한참 동안 그런 눈으로 위지극을 쳐다보았다.

위지극의 마른 침 넘어가는 소리가 커다랗게 객잔을 울렸다.

이윽고 그녀의 입이 떨어졌다.

"배신자."

"희명아. 오, 오해야. 정말 말하려고……."

"몰라!"

그녀는 그 말을 끝으로 벌떡 일어나더니 밖으로 나가 버렸다.

위지극은 그런 그녀를 말리지 못하고 엉거주춤한 자세로 서 있었고, 중간에 낀 남궁무한은 멍하니 그런 두 사람을 바라보고 있었다.

그렇게 얼마나 시간이 흘렀을까.

"휴우우……."

위지극은 땅이 꺼져라 한숨을 쉬며 고개를 푹 떨궜다.

남궁무한은 갑자기 벌어진 사태에 잠시 주저하다가 슬그머니 입을 열었다.

"저기… 그러니까, 그대가 정말 성천자가 맞긴 한 거구려. 그렇지 않소?"

위지극은 힘없이 고개를 끄덕였다.

이젠 화를 낼 기운도 없었다.

"아! 정말 고맙소. 이제야 마음 편히 잘 수 있겠구려. 그럼 잘 주무시고 내일 또 봅시다."

위지극의 고개가 또다시 끄덕여지자 그는 부리나케 사리에서 일어나 객방으로 올라가 버렸다.

"휴우……."

위지극의 한숨 소리가 조용한 객잔에 울려 퍼졌다.

'바보. 도대체 뭐야?'

우희명은 객잔에 딸려 있는 어두운 후원에 턱을 괸 채 홀로 앉아 있었다.

벌써 반 시진째, 그녀는 미동도 하지 않았다.

그녀도 성천자가 뭔지는 안다.

성천에서 온 존재. 그것도 적존교에 대적하기 위해 보내진 존재다.

할아버지는 성천의 염상천에게 패한 후 종적을 감추었고, 그때부터 적존교를 다시 세우기 위해 아버지의 고생이 시작되었다.

함께 하늘을 지고 살지 못할 원수까지는 아니더라도 적존교의 입장에선 대적임에 분명했다.

그래서였을까? 신분을 밝히지 않은 이유가?

'바보, 바보.'

이기적으로 생각될 수도 있었지만, 그녀가 화를 내는 이유는 위지극이 성천자여서가 아니었다.

그가 성천자든, 귀신이든, 그의 정체는 상관없었다.

말해주지 않았다는 사실.

단지 그것이 서운했던 것이다.

'나를 믿지 못한 거야? 사실을 알게 되면 내가 떠나갈 거라 생각한 거야?'

우희명의 고운 아미가 찌푸려졌다. 바로 그때였다.

"고민이 있으십니까?"

아무 인기척도 느끼지 못했는데 바로 코앞에서 목소리가 들려왔다.

우희명은 감았던 눈을 번쩍 떴다.

그녀 앞에 전신을 검은 천으로 친친 감고 있어 얼굴조차 알아볼 수 없는 사내가 서 있었다.

"사사!"

"쉿! 목소리를 줄이십시오."

우희명이 깜짝 놀라 소리치자 사사는 검지를 조용히 입에 갖다 댔다.

그녀는 신속히 주위를 둘러보고는 속삭이듯 입을 열었다.

"사사가 어떻게 여기에 있는 거죠?"

"물론 아가씨가 보고 싶어서 왔지요."

"농담하지 마세요."

우희명이 성이 난 듯하자 사사의 턱이 가볍게 떨렸다.

"저런, 저런. 오늘은 그다지 기분이 좋지 않으신 모양이군요. 하지만 언젠가는 알게 되실 일이었습니다. 그리고 저는 아가씨께서 지금의 상황을 현명히 이겨내시리라 믿습니다."

우희명이 놀란 눈으로 그를 쳐다봤다.

"지금 무슨 말씀을……?"

그녀는 혹시나 싶어 시치미를 떼고 물었으나 사사는 고개를 저었다.

"아가씨께서 사랑하시는 위지극이란 소년이 성천자이지

않습니까.”

“……!”

우희명은 심장이 덜컥 멈추는 기분이었다.

“사사…….”

“걱정하지 마십시오. 오늘은 아무 일도 없을 테니 말입니다.”

“그럼, 아버지는… 아버지도 알고 계시나요?”

“물론 성천자의 존재는 아십니다만, 아가씨와의 관계는 아직 모르십니다.”

사실 이는 거짓이었으나 이를 모르는 우희명은 겨우 안도의 숨을 내쉬었다.

“하지만 아가씨께서 안심하시기는 아직 이릅니다.”

“네?”

“교주께서 성천자를 없애라는 명을 내리셨기 때문이지요.”

“임씨세가에서의 일 때문인가요?”

“물론 그 일이 컸겠습니다만, 굳이 적룡대주의 문제가 아니더라도 성천과 본 교는 세불양립(勢不兩立)의 관계이지 않겠습니까.”

“그, 그렇죠.”

우희명은 갑자기 불안해졌다.

부친이 누군가 죽기를 원한다면 그 사람은 죽을 수밖에 없었다.

여유가 있었다면 이를 피할 수 있는 방도를 찾아냈을지도 모르겠으나, 지금은 너무나 급작스럽게 일이 벌어진 터라 마땅한 대책이 없었다.

"그럼 사사가 여기에 온 이유가 혹시……."

"하하하, 아가씨, 방금 전에 말씀드리지 않았습니까. 오늘은 아무 일도 없을 거라 말입니다."

"아!"

'내가 왜 이러지.'

그녀는 자신의 머리를 쥐어박고 싶었다.

오늘 하루에만 여러 일을 당하다 보니 정신이 없는 게 분명했다.

"그럼 어떤 용무로?"

"그전에 한 가지만 묻겠습니다."

"……."

"성천자를 이곳까지 데려온 이유가 무엇인지요."

우희명은 급히 둘러댔다.

"단지 그냥 지나가던 길이었어요."

"저를 속이시면 안 됩니다. 그러면 제가 도와드리기 힘들지 않겠습니까."

"사사가 저를 돕다니. 무엇을……."

우희명이 의아한 표정으로 묻자 사사는 단언하듯이 말했다.

"아가씨께서는 성천자와 함께 사대봉공을 찾아가는 길이 었지요?"

"……"

그녀는 더 이상 놀랄 기력도 없었다. 그리고 마땅히 둘러댈 말도 떠오르지 않았다.

"그런데 말입니다. 지금 이대로 육문산에 오르시면 안 됩니다. 이미 본 교의 경계는 한층 강화되었고 아가씨가 떠나실 때와 다르기 때문이지요."

"그래서 본산에 오르지 말라는 말씀을 하러 오신 건가요?"

"아닙니다. 저는 무사히 사대봉공을 만날 수 있는 길을 가르쳐 드리려고 온 것입니다."

"왜 사사가 제게 그런 도움을 주시려는 거죠?"

"저는 본 교의 힘을 믿으며 성천도 이번만큼은 제 역할을 하지 못하리라 생각하기 때문입니다. 그러니 성천자가 사대봉공을 찾는 것이 본교에 위해될 리가 없지요. 그가 뛰어나긴 하나 사대봉공을 해칠 수는 없습니다. 그분들은 이미 오래전에 지금의 성천자가 보이고 있는 경지에 오르셨습니다."

"제가 찾아가려는 이유는……"

"알고 있습니다. 한 수 가르침을 얻기 위함이지요, 저는 어디까지나 본 교의 입장에서 말씀드린 것뿐이랍니다."

“사사의 말씀은 제 질문에 대한 충분한 설명이라 할 수 없
어요.”
사사의 턱이 미미하게 떨렸다.
또다시 웃고 있는 듯했다.
“실상 제가 아가씨를 돕는 가장 큰 이유는… 제가 아가씨
의 사랑을 지지하기 때문입니다.”
“……?”
“사랑이란…….”
사사는 잠시지간 침묵하더니 한참 만에야 다시 입을 열었
다.
“그럴 만한 가치가 있으니 말입니다.”
문득 우희명은 그에게서 기이한 느낌을 받았다.
그는 마치 자신의 경험담을 말하고 있는 듯했던 것이다.
“그래서 드리는 말씀입니다만, 성천자가 아가씨께 미리 정
체를 밝히지 않았다 하여 서운해하시면 안 됩니다.”
“네?”
우희명은 그가 정말 자신의 머릿속을 읽고 있는 게 아닌가
하는 착각이 들 정도였다.
사사의 말이 이어졌다.
“그는 아가씨를 업신여기거나 등한시해서 말하지 않은 것
이 아니랍니다. 또한 아가씨를 믿지 못해서도 아닙니다. 그것
은 아가씨를 지키기 위해서였지요. 그러니 아가씨는 아셔야

만 한답니다. 그가 얼마나 아가씨를 소중히 생각하고 있는지를."

'나를 지키기 위해서였다고?'

도대체 무엇으로부터 지키고자 했던 것일까?

비록 그녀는 사사의 말을 백분 이해하지 못했음에도, 왠지 포근한 기분이 들었다.

위지극이 자신을 지켜준다.

지금까지는 자신이 위지극을 지켜주고 있다고만 생각했는데……

사랑하는 이에게 보호받고 있다는 사실!

그것만으로도 우희명은 한결 마음이 편안해졌다.

이어 사사는 산에 오르는 길을 설명해 주고는 곧 사라져 버렸고, 그가 간 이후에 우희명은 곰곰이 생각했다.

'사사… 과연 믿어도 될까?'

이전에 흑령은 그를 믿지 않는 게 좋을 것이라 한 적이 있었지만, 흑령의 말을 믿느니 차라리 사사를 믿는 편이 속 편했다.

그리고 한 가지 안도할 만한 사실은 그는 성천자가 이 객잔에 묵고 있다는 사실을 알면서도 그냥 돌아갔다는 것이었다.

이를 보아 그의 말을 믿어보는 것도 썩 나쁘지 않을 듯했다.

그때 우희명의 시야에 저 멀리서 서성이고 있는 위지극이 들어왔다.

그는 우희명과 눈이 마주치자 조심스럽게 물었다.

"이제 화 좀 풀렸어?"

우희명의 입가에 한줄기 미소가 떠올랐다.

그 미소를 보았는지 위지극도 어설프게 웃으며 다가왔다.

"적존교에서 온 사람이야?"

"다 들었으면서 왜 물어?"

우희명이 곱게 눈을 흘기자 위지극은 다급하게 손을 내저었다.

"아니야. 안 들었어. 들리려고 하기에 귀를 막았거든."

"그랬으면 다행이고."

위지극은 잠시 머뭇거리다가 그녀 옆에 앉고는 머리를 꾸벅 숙였다.

"미안……."

그녀는 조용했다.

잠시간의 침묵이 흐르고, 위시극이 다시 뭐라 입을 열려 할 때였다

그녀가 살며시 위지극의 손을 잡았다.

위지극이 고개를 들어 우희명을 바라봤다.

말은 필요없었다.

두 사람은 눈빛만으로 서로의 생각을 읽을 수 있었다.

그리고… 밤은 점점 깊어갔다.

＊　　＊　　＊

무당산 자소궁(紫霄宮) 자소전(紫霄殿) 안.

보검을 손에 든 진무대제의 좌상과 양쪽으로 주공(周公)과 도화낭랑(桃花娘娘)의 신상이 자리한 신감(神龕)을 뒤로하고 열두 명의 도인이 앉아 있었다.

반년 만에 무당의 대장로회가 소집된 것이었다.

열두 명의 장로는 하나같이 침통한 표정을 지으며 진언을 외우고 있었다.

그렇게 한 식경이 지난 후에야 가장 상석에 자리한 진우자(眞優子)가 입을 열었다.

"본 파가 세워진 이래 다시없을 변고가 발생하였소."

"무량수불."

"무량수불."

도인들은 또다시 제각기 진언을 외웠다.

진우자는 잠시 멈추었다가 사위가 조용해지자 천천히 말을 이었다.

"장문인께서 참변을 당한 사실을 우리 모두는 알고 있소. 그리고 그 흉수가 누구라는 것도 짐작하고 있소."

"그건 권제를 해한 무리임에 틀림없습니다."

한 도인이 대답하자, 또 다른 도인이 덧붙였다.

"그보다 충격적인 사실은 정우가 모습을 감추었다는 것입니다. 그는 항시 장문인에게 좋지 못한 감정을 가지고 있었으니, 필시 이번 일과 관계가 있으리라 사료됩니다."

진우자는 눈을 지그시 감았다.

장문인의 피살, 그리고 사라진 사제.

'정우, 자네가 정녕…….'

장문인의 시신에는 '불공성천'이란 네 글자가 새겨져 있었다.

이는 권제의 시신에 새겨진 글과 같았고, 직접 장문인을 해한 흉수는 권제를 해한 자, 혹은 그가 속한 비밀스런 무리에 속한 자임에는 분명했다.

권제를 해할 정도의 고강한 자들이었으니, 장문인이 비록 수행이 깊고 공력이 높다 하나 감당하지 못할 수 있었다.

하나 그보다 더 심각한 문제는 정우자의 배신이었다.

그가 돕지 않았다면 흉수가 아무리 무공이 뛰어나다 해도, 무당파의 심부에서 대담하게 장문인을 암습하지는 못했으리라.

진우자가 눈을 떴다.

"지금 당면한 문제 중 가장 시급한 것은 새로운 장문인을 선출하는 것이오. 그리고 불공성천이라 외치고 다니는 자들, 그들의 정체를 파악해 내는 것 역시 중요하오."

다른 도인들이 그의 말에 조그맣게 고개를 끄덕였다.

한 도인이 넌지시 입을 열었다.

"장문인의 선출은 이번 회의를 통해 이루어질 터이고, 흉수들을 찾을 만한 복안이 있으십니까?"

진우자가 그를 바라봤다.

"본인은 이를 위해서 필히 한 사람을 만나야 한다고 생각하고 있소."

"그게 누구입니까?"

진우자는 좌중을 둘러보더니 분명한 음성으로 말했다.

"성천자요."

"아!"

"그렇구려."

"그를 만나야만 그 어떤 단서라도 찾을 수 있겠군요."

도인들이 수긍하자 진우자는 말을 이었다.

"성천에 원한을 가진 자들이니 성천이 그들에 대해 가장 잘 알고 있지 않겠소?"

"하나 그 성천자는 임씨세가의 일 이후로 모습을 감췄다 들었는데……."

"해서 북무림회를 비롯한 무림에 무당이 성천자의 방문을 청한다 공표할 생각이오."

"흐음……."

도인들은 자그맣게 침음성을 흘렸다.

무당이 한 사람의 방문을 원한다고 세상에 공표하는 것은 무당의 입장으로서는 수치스럽고도 크게 체면이 깎이는 일이라 할 수 있었다.

지금까지 무당은 요청이라 할 만한 게 필요없었다.

무림인이라면 무당이 부르면 응당 와야만 했다.

감히 그 누가 무당의 명을 거역할 수 있겠는가?

그들이 난색을 표하고 있자 진우자가 노기 담긴 음성으로 입을 열었다.

"지금 본 파의 체면을 생각하시는 것이오? 장문인을 잃음으로써 우리는 더 이상 잃을 체면도 없소!"

"……."

"또한!"

그의 눈빛이 한층 엄숙해졌다.

"상대는 성천자요. 그의 신분을 절대 잊지 마시오."

그랬다.

일반 무인이라면 또 모르겠으나 성천자라면 얘기가 달랐다.

그를 청하는 것은 결코 문파로서도 흠이 되는 일이 아니었다. 오히려 떨어진 위신을 세울 수 있는 기회가 될 수도 있었다.

다만 그들은 성천자가 나이 어린 소년이라는 사실을 알고 있었고, 그런 소년을 청한다는 것이 영 내키지 않았던 것이다.

그들은 자신들이 크나큰 착각을 하고 있었다는 것을 그제야 깨닫고 다시 고개를 주억거렸다.

"사형의 말씀이 맞소이다."

"옳은 말씀입니다."

진우자는 다시 그들을 무서운 눈빛으로 쓸어본 후 회의를 이어갔다.

결국 새로운 장문인으로는 일대제자 중 가장 자질이 뛰어난 능운자(陵雲子)가 추대되었고, 정식 절차를 통해 그가 장문인으로 오르기까지는 진우자가 임시로 장문 직을 맡는 것으로 결정되었다.

그리고 각지로 성천자의 방문을 청한다는 공문을 띄우기로 했다.

그러나 성천자가 그들의 부름에 응할지 응하지 않을지는 아무도 모르는 것이었다.

*   *   *

"이놈은 어디 가서 지금까지 안 돌아오는 거야."

산등성이에서 허공을 올려다보던 사십 중반의 사내가 잔뜩 찌푸린 얼굴을 하고 중얼거렸다.

그때 사내 옆으로 하나의 인영이 나타나더니 그에게 말을 건넸다.

"촌장님께서 자네를 찾으시네."

"저를 말입니까?"

사내는 놀란 눈을 했다.

"그렇네."

"저를 찾으실 일이 있다니, 의외로군요."

"나도 정확한 연유는 모르겠네. 어찌됐든 지금 바로 가보게나."

그 말이 떨어지자 사내는 고개를 한 번 끄덕이고는 곧바로 산 아래로 신형을 날렸다.

그는 바로 위지극에게 유 아저씨라 불리던 사내였다.

"왔나?"

평상에 앉아 있던 태평촌장이 사내를 힐끗 쳐다보고는 입을 열었다.

"부르셨다고요."

"불렀지. 요즘 자네 바쁘나?"

"바쁠 일이 있겠습니까. 다만 한 가지 걱정되는 게 있기 합니다만."

"호오, 태평촌에서 걱정을 하다니, 큰일이 났나 보군."

"유환이가 사라져서 안 돌아온 지 꽤 됐습니다."

"그놈이 드디어 가출을 했구만. 할 때도 되었지, 암."

촌장이 시큰둥하니 말하자 사내가 고리눈을 치켜떴다.

"할 때가 되었다니요. 함께한 지 얼마나 되었다고 그새 도망간답니까."

"알았어, 알았어. 거참. 자네가 그런 눈을 할 때도 있고, 세상 오래 살고 볼 일이구만."

사내는 그 말이 우스웠던지 금세 얼굴을 누그러뜨렸다.

"정말 오래 살아야 볼 수 있는 일이지요……."

"그보다!"

"……."

"자네, 밖에 한번 나갔다 오고 싶지 않은가?"

그는 순간 눈빛을 번뜩였으나 이내 고개를 저었다.

"내키지 않습니다."

"다 들켰어. 자네, 나가고 싶지? 유환이가 걱정돼서 찾아오고 싶지?"

"……."

"그러지 말고 나갔다 와. 유환이도 찾아올 겸해서."

"밖에서 제가 해야 할 일이 있습니까?"

사내가 묻자 촌장이 씨익 웃었다.

"거봐. 나가고 싶었으면서. 그래, 한 가지 자네가 해줘야 할 일이 있긴 해. 아주 중요한 건 아니지만 그래도 자네가 적격인 것 같아서."

"그게 뭡니까?"

“그건 말일세……."

촌장의 음성은 들리지 않았다.

하지만 얼마 후 사내는 고개를 끄덕이며 물러났고, 그 다음 날 태평촌을 떠났다.

『성천』 제5권에 계속…

잡조행
雜組行
김대산 新무협 판타지 소설
잡조행
2
雜組行

낭왕 狼王
별도 新무협 판타지 소설

유행이 아닌 자유추구 -
WWW.chungeoram.com
Book Publishing CHUNGEORAM

뿌리를 찾아가는 목동 파소의 여행.
그 여정의 끝에서
검 든 자들의 고향 대무천향 (大武天鄉)을 만난다.

검객 단보, 그는 노래했다.

…모든 검 든 자들의 고향 무천향.
한초식의 검에 잠든 용이 깨어나고, 또 한초식의 검에 잠든 바다가 일어나네.
검의 흐름을 따라가다 보면 어느새, 세월도 잊어버리고, 사랑도 잊어버리고,
무공도 잊어버려…….
결국에는 자신조차 잊어버리는…….

은하의 가장 밝은 빛이 되어버린다는
그 무성(武星)들의 대지(大地).

아, 대무천향(大武大鄉)이여!

낭왕 狼王

별도 新무협 판타지 소설

살내음 나는 이야기에 여러분은 가슴 졸인 적이 있는가?
남들이 볼까 두려워하며 책을 가리면서 읽었던 구절을 몇 번이나 반복하며
읽은 적이 없는가?

구무협의 향수를 그리워하던 별도가 결국은
〈무협의 르네상스〉를 부르짖으며 직접 자판 앞에 앉았다.

"제가 무협을 쓰기 시작한 이유는 더 이상 읽을 책이 없었기 때문입니다."

모든 일은 4년 전부터 시작되었다.
살인사건을 배경으로 펼쳐지는 음모와 배신, 사랑과 역공작,
그리고 정사!

우리 시대의 이야기꾼, 별도의 새로운 글, 〈낭왕狼王〉!
〈천하무식 유아독존〉, 〈그림자무사〉, 〈검은여우毒心狐狸〉에
이은 그의 또 하나의 역작!

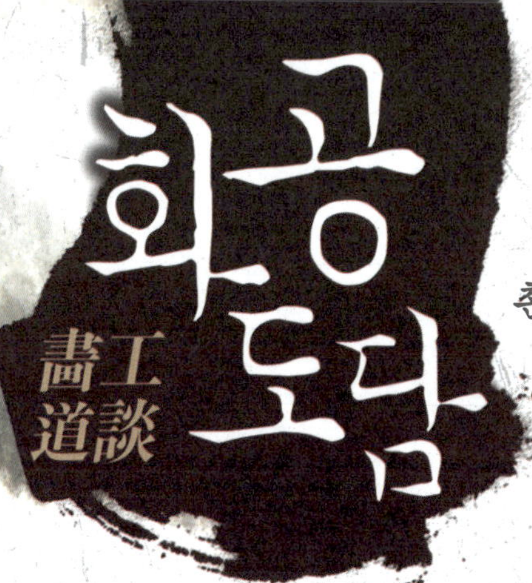

예(禮)와 법(法)을 익힘에 있어
느리디 느린 둔재(鈍才).
법식(法式)에 얽매이기보다 마음을 다하며,
술(術)을 익히는 데는 느리지만
누구보다 빨리 도(道)에 이를 기재(奇才).

큰 지혜는 도리어 어리석게 보이는 법[大智若愚]!

화폭(畵幅)에 천지간(天地間)의 흐름을 담고
일획(一劃)에 그리움을 다하여라!

형식과 필법을 익히는 데는 둔하나
참다운 아름다움을 그릴 수 있게 된
화공(畵工) 진자명(陳自明)의 강호유람기!

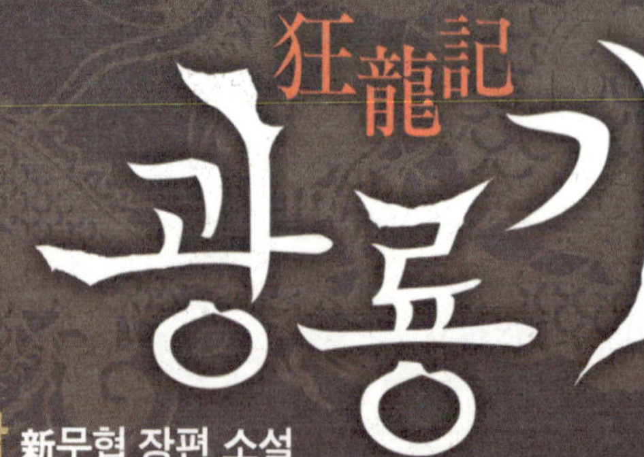

광룡기

장담 新무협 장편 소설

미친 바람이 동해에서 불기 시작했다!
둥지를 떠난 광룡(狂龍)이 강호에 나타났다!

내가 가고 싶은 대로 간다.
내가 하고 싶은 대로 한다.
누구도 내 앞을 막지 마라!

한겨울, 마침내 광룡의 전설이 시작되고,
천하가 광룡과 빙심에 뒤집어졌다!

유행이 아닌 자유추구 -
WWW.chungeoram.com

Book Publishing CHUNGEORAM